ホーンテッド・キャンパス

黒い影が揺れる

櫛木理宇

角川ホラー文庫
23747

CONTENTS

HAUNTED CAMPUS

Characters introduction
イラスト／ヤマウチ シズ
八神森司《やがみ　しんじ》
大学生（一浪）。超草食男子。霊が視えるが、特に対処はできない。こよみとは両片想い中。
灘こよみ《なだ　こよみ》
大学生。美少女だが、常に眉間にしわが寄っている。霊に狙われやすい体質。

HAUNTED CAMPUS
黒沼泉水
くろぬま　いずみ
大学院生。身長190cmの精悍な偉丈夫。黒沼部長の分家筋の従弟。部長を「本家」と呼び、護る。
黒沼麟太郎
くろぬま　りんたろう
大学院生。オカ研部長。こよみの幼なじみ。オカルトについての知識は専門家並み。

HAUNTED CAMPUS
鈴木瑠依
すずき　るい
霊を視ることができる。ある一件を通じ、オカルト研究会の一員となる。
三田村藍
みたむら　あい
元オカ研副部長。社会人。身長170cm以上のスレンダーな美女。アネゴ肌で男前な性格。

プロローグ

森司《しんじ》が幼い頃、世間には「男たるもの、甘いものは嗜《たしな》まぬ」という風潮があった。

むろん現代では廃れた風潮だ。いまやコンビニスイーツを買う層は男性が主流だと聞くし、カフェでもレストランでも「男はコーヒーと煙草。女性はケーキ」などという光景はほぼ見なくなった。

しかし繰りかえして言うが、森司の父親世代は「男がドーナツだ？　シュークリームだあ？　軟弱な！」なる時代を生きたのだ。

だからして、幼い森司は不思議だった。

――なぜ二月十四日だけ、お父さんたちは甘いものが好きになるんだろう？

と。

ふだんは酒好きで、芥子《からし》蓮根《れんこん》やわさび漬けで一杯やるのが楽しみで、アイスやケーキになんか目もくれないおじさんたちが、どうしてあの日だけチョコレート大好きになるんだろう？　朝からそわそわし、もらえないとがっかりし、なぜひどいときは不機嫌になるんだろう？

　もちろん現在は、理解できる。

　あの当時の中年男性の心境が、ようよく理解できる歳になった。

　ちなみに森司の父はとっくに禁煙し、甘いものが嫌いな〝ふり〟もやめた。いまは堂々としたもので、

「今日は三十一日だな！　森司、サーティワン買ってきてくれ。お父さんはロッキーロードとメロンとポッピングシャワーだ！」

　などと催促するまでにひらきなおった。

　そうして彼の息子である森司も、甘いものはそこそこいける。

　自分から高級菓子を買い求めたりはしないが、部室にあれば食べる。手土産のケーキを前に、真顔で「そこの『春のご褒美ときめき苺《いちご》ムース』をください」と言いはなつこともできる。

　そんな森司が迎えた、今年のバレンタインデイだ。

　記念すべき日になるのでは、という予感があった。

　なにしろ長年の想い人こと、意中の乙女こと、灘《なだ》こよみその人から、

「二月十四日は頑張ります。八神《やがみ》先輩、覚悟してください」

　なる爆弾級の言葉をもらってしまったのだ。期待するなというほうが無理であった。

　かくして、来たる十四日の朝。

森司は不必要に早起きした。

意味もなく髭《ひげ》を二度剃《そ》り、十五分かけて念入りに歯みがきした。服だっていつもより気合を入れ、さし色にこだわったりなどしてみた。気合も準備もすべて万全であった。

――だというのに。

数時間後、森司は雪越《せつえつ》大学オカルト研究会の部室でしおれていた。

「どうしたの八神くん。こよみちゃんからチョコもらえなかったの？」

オカ研の元副部長こと、三田村藍《みたむらあい》の声が頭上から降ってくる。

ときは午後一時半。藍は遅い昼休みを取るためか、片手にローソンの袋を提げていた。

部室に一人ぽつんと座る森司が、捨てられた子犬の瞳《ひとみ》で彼女を見上げる。

「藍さん……」

「そんな目であたしを見ないで。こよみちゃんは？」

「図書館です」

「部長は？」

「研究室です。ちなみに泉水《いずみ》さんと鈴木《すずき》はバイトです。それはそうと、聞いてください藍さん」

「え、なに？　まさかほんとにチョコもらえなかったの？」

コンビニ袋を置いて詰め寄る藍に、「いいえ」と森司は首を振った。

「もらえました」

「なんだ」

藍が胸を撫《な》でおろす。

「ならいいじゃない」

「はい。おれはいいんです。まったくもっていいんですが、灘が……」

ふたたび目を潤ませると、森司は沈鬱《ちんうつ》に語りだした。


灘こよみの今年のバレンタイン計画。それは県内でもっとも有名なショコラトリー&カフェ『KUKKA』にて、森司と二人きりで夜を過ごすことであった。

そのために彼女は九箇月も前から予約を入れ、オーダーするシャンパンの研究にまで余念がなかった。

しかし当の『KUKKA』は、今年に入ってからというもの休業つづきだった。定休日とも祝日とも無関係な、突発的かつ謎の休業である。

常連たちは心配した。とはいえ、二月には持ちなおすだろうとみな考えていた。ショコラトリー最大のイベントと言えるバレンタインに、よもや休むまいとの思いこみがあった。

だがその予想は、大いにはずれた。

『KUKKA』が無期限の休業を発表したのである。ちなみにその頃、オカ研はサイコメトリー騒動であたふたしている真っ最中であった。

当然、バレンタインの予約はすべてキャンセルだ。電話で知らされたこよみは、

「自分の顔から、血の気が引く音を聞きました」

とのちに語る。

「貧血で倒れるかと思った」とも。

しかし、果敢にも彼女は倒れなかった。その足で伊勢丹《いせたん》まで疾走すると、クーベルチュールチョコレートを仕入れ、自宅に取って返した。

そして二時間ほど奮闘した。その後、お茶を淹《い》れてひと息ついたあと、ようやく一人さめざめと悲しんだという。

というわけで。

「すみません、先輩……。こちら、わたしが湯煎《ゆせん》で溶かして、生クリームを入れて固めただけのチョコであります……」

深ぶかと腰を折って陳謝するこよみに、

「いや、それがいい！　灘がくれるならなんでも嬉《うれ》しいよ！」

森司は叫ぶしかなかった。

嘘ではない。店の予約だの休業だの、彼としてはすべて初耳である。こよみからチョコはしっかりもらえたのだし、文句などなにひとつなかった。

だがこよみはそうではなかった。

「あんなに偉そうに啖呵《たんか》を切ったというのに、こんな体たらくで、まったくもって面目

なく……」

なにとぞお納めください——。ラッピングした箱を差しだしつつ、どんどんうなだれていく。

「待て、きみは悪くない！」

森司は再度の悲鳴を上げた。

「灘はなにひとつ悪くないぞ。しいて言えば店があれだが、店側だって事情があるんだろうし、要するに誰も悪くない。だから顔を上げてくれ！」

「ですが……」

「ですがじゃない。顔を上げるんだ」

「こ、こうですか」

「そうだその調子！　あとすこしだ。顎《あご》をもうちょい上に。よしいいぞ。すごくいい、ファイトだ灘！」

などと大学構内で乙女を励ますという、意味不明な事態にまで発展した。

ちょうど通りかかった後輩の鈴木瑠依《るい》に、「なにしてますのん？　怖いんですが」と不気味がられたほどであった——。

と、ひとくさり事情を語り終えた森司に、

「そっかあ」

ツナサンドを野菜ジュースで流しこみ、藍が言う。

「流れはともかく、こよみちゃんが落ちこんだままなのはよくないわね」

「そうなんです」

森司は情けない顔で同意した。

「去年のバレンタインは灘が怪我したんで、おれのほうからチョコを贈ったでしょう。あれを予想以上に気に病んでたみたいなんです。そんなの全然問題ないのに。イベントどうこうより、灘が悲しむほうがおれは困るんです」

「あたしだって困るわ。――あ、そうだ」

藍が膝《ひざ》を打った。

「二、三日遅れになってもいいなら、知り合いのお店紹介してあげられるかもよ。それでどう？」

「二、三日……」

つまり明後日《あさって》か明々後日《しあさって》だな、と脳内で確認してから、

「それってチョコレートのお店なんですか？」

森司は尋ねた。

「専門店よ。『ＫＵＫＫＡ』が県内一番人気だとしたら、三番手か四番手くらいかな。ショコラトリーとしては有名なんだけど、他にもいろいろサービスがあること、意外に知られてないのよね」

「ちょ、ちょっとお待ちください」

森司はあたふたと携帯電話を取りだした。

「灘にLINEします。彼女の都合も聞きますので、いましばらくお待ちを」

かくして約三十分後、藍の知人が営むというショコラトリー&レストラン『糖柯《とうか》』に一件の予約が入った。

二月十七日の午後七時希望。前菜ありバレンタインコースで、『八神森司』宅へ宅配サービスの予約であった。

第一話　ショコラな恋人たち

1

ショコラトリー&カフェ『KUKKA』を、暗雲が覆いはじめたのは去年の十二月のことだ。

代表取締役兼パティシエールの相川綾芽《あいかわあやめ》が、独り立ちして早《は》や十年。『KUKKA』を創業して八年。

おかげさまで、お客さまからはご愛顧をいただけた。地元誌に幾度となく紹介され、ときには全国区のテレビでも宣伝してもらえた。

資金繰りに困ったことはない。銀行の融資係もいたって愛想がいい。貸し剥《は》がしどころか、毎月のように「借りてください」の大合唱である。事業としては、おしなべて成功と言えるだろう。

――そう、お客さまからはつねに愛されてきた。

しかし〝敵〟は、思いもよらぬ方向からあらわれた。

ことの起こりは、エレベータに対する苦情だった。

『KUKKA』は駅から徒歩七分の雑居ビル六階に、テナントとして入っている。同階には雑貨屋、ジュエリー店、書店などが並ぶ。くだんのエレベータは『KUKKA』の真ん前にあり、利用者の七割強はチョコ目当ての客と言ってよかった。

　そのエレベータに、

「ちっとも一階に降りてこない」

「ずっと六階で停まってるけど、なんなの？」

　との苦情が何十件と寄せられるようになったのだ。

　クレームを容《い》れ、ビルの管理人はエレベータの防犯カメラを確認した。そして数時間後、綾芽に連絡した。

「ほんとうに、エレベータを停めてる誰かがいるみたいです」

　さらにこうも言った。

「たぶんおたくのお客だと思うんですが……。おかしなものが映ってるんで、確認してもらえませんか？」

「はあ？」

　綾芽は首をかしげた。

『KUKKA』は採光に気を遣った造りの店である。外壁側と、エレベータのある通路側の壁はいちめんガラス張りだ。

　つまりエレベータに不審な客がいれば、必ず誰かが気づくはずだった。

なのに〝おかしなもの〟とやらの目撃証言や報告は、一件も受けていない。客からも、店員からもである。

「確かにエレベータがひらいたまま停まることは、よくあるようです。でもうちのお客さまがいやがらせしているような言いかたは、ちょっと……」

「いや、違うんです。いやがらせと言いたいわけじゃ――。とにかくお手すきのときでいいんで、一度見てみてください」

管理人はなんとも歯切れが悪かった。しかたなく綾芽は仕事の合間を縫い、管理人室で防カメ映像を確かめた。

するとそこには、ほんとうにおかしなものが映っていた。

ぼんやりと人のかたちをした、薄黒い影である。

六階で停止したエレベータに、くだんの影は乗っていた。顔は見えない。だが姿勢からして、ひらいた扉のほうをおそらく向いていた。

〝影〟が数歩進み、エレベータの籠《かご》から出る。かと思うと後ろ歩きし、また籠に戻る。

その動作を、何度も何度も繰りかえす。

または首を伸ばし、外の誰かを覗《のぞ》くような仕草をする。誰かに向かって、手をぎくしゃくと動かす。どれも、まるで意味の取れぬ不気味な動きだった。

籠と外をまたいで立ち、首をゆっくりと左右に振りつづけるだけの日もあった。

その間、エレベータはずっとひらいたままだ。

エレベータの扉には光電管センサーが付いていて、障害物があれば閉じない仕組みになっている。センサーが、黒い影を探知しているのはあきらかだった。

――でも、どうしよう。

綾芽は頭を抱えた。

――これは、どう見ても生身の人間じゃあない。

怖がるより先に、困惑した。

クレームに対処したいのはやまやまだ。しかし、どう動くべきかわからない。エレベータの管理会社に「人間じゃなさそうなので、センサーを切っていいです」と言うわけにもいくまい。

――バイトの子たちにも、知られたくないし……。

厨房《ちゅうぼう》のメンバーはみな正社員だ。しかしウエイトレスとウエイターは七割がアルバイトである。怖がって一気に抜けられたら、店がまわらなくなってしまう。

――ここは、お祓《はら》いしてもらうしかないか。

綾芽はふしょうぶしょう、株式会社『KUKKA』の正社員にのみ、ことの次第を打ちあけた。そして管理人立会いのもと、神主を呼んで御祈禱《きとう》を上げてもらった。御札をエレベータの天井にこっそり貼り、床の隅に盛り塩もした。

だが、怪異は終わりはしなかった。

それどころかエスカレートした。

店の客から、はっきり「怖い」「気味が悪い」と声が上がるようになったのだ。

「きゃあっ」

その日起こった短い悲鳴に、駆けつけたのはアルバイトのウエイトレスだった。例の通路に面した、ガラスの壁側のテーブルである。

向きあって座った女性客は唇を震わせ、

「誰か、外から覗いてる」

と訴えた。

「え、……どこにです？」

面食らって、ウエイトレスは目をしばたたいた。

ガラスの向こうには、誰もいなかった。

この通路は見晴らしがいい。走って逃げたところで、身を隠す死角もない。念のためウエイターにフロアを捜させたが、やはり不審者の姿はなかった。

「え……。でも、さっき確かに」

女性客がおろおろと言う。まわりの客にも一応訊《き》いてみたが、

「見てない」

「変な人？　いなかったと思う」

と、みな一様に答えた。

結局そのときは「なにかの見間違いだろう」で済んだ。

しかし綾芽は気になって、手があいた間に通路へ出てみた。店の外から、該当のテー

ブルをガラス越しに覗きこむ。

途端、ぎょっとした。

べったりと掌の脂がガラスに付いていた。

両の掌だけではない。頬のかたちの脂まで付着している。開店前に磨いたはずのガラスが、そこだけ肌理《きめ》のかたちに曇っていた。

——まるで誰かが、両手と顔を押しつけて中を覗いたような。

だがそんな不審者がいれば、間違いなく騒ぎになったはずだ。実際にはまわりのテーブル客をはじめ、一人として不審者を目にしていない。走って逃げた者さえいなかった。防犯カメラも問題なしだ。

——これも、生身の人間の仕業じゃないってこと？

綾芽は考えこんだ。

——お祓い程度じゃ、太刀打ちできないの？

その後も同様のクレームは、断続的に起こった。「覗かれた」「誰かが外から見てる」と騒ぐ客があらわれた。

さいわい毎日ではなかった。せいぜい週に一、二回だ。しかし騒ぎが起こるのは、決まって通路に面したガラス側の席であった。

そうして迎えた、一月中旬。

「ぎゃっ」

黄いろい悲鳴でなく、魂消《たまげ》るような叫びがカフェに響いた。

すでに正月ムードも終わり、バレンタインフェアの準備に舵《かじ》を切った頃だった。年一番の稼ぎどきに向け、社員が一丸となったその矢先である。

「どうなされました、お客さ……」

言いかけたウエイターの語尾も、「ひっ」と悲鳴に変わった。

フォークで半分に割ったタルトの断面から、孵化《ふか》寸前の雛《ひな》がどろりとこぼれ出ていた。まぶたを閉じ、奇妙に安らかな顔で皿に横たわっている。

だが、それも一瞬だった。

客とウエイターが見守る中、雛はものの数秒でかき消えた。
二、三度まばたいてから、皿を見る。そこにはもう、なにもなかった。半分に割れたショコラタルトがあるだけだ。とろりと広がるのは、粘液ではなくチョコレートソースであった。
「あ、あれ……？」

「そんな。さっきまで、確かに……」

女性客とウエイターは、唖然《あぜん》と顔を見合わせた。

その四日後には、マカロンで異変が起こった。嚙《か》み切った断面から、できかけの雛の目玉がこぼれ落ちたのだ。

客は悲鳴を上げた。

本来ならば保健所騒ぎになる大問題だった。しかし怪異は前回と同じく、ほんの数秒で消えた。

同じようなことが、五、六度つづいた。

みな口を揃えて「さっきは間違いなく見えた」と訴えた。蒼白《そうはく》な顔を引き攣《つ》らせ、吐き気をこらえて「わけがわからない」「どうして」とも言った。

致命的な悪評にならなかったのは、どの客も「自分の幻覚か、錯覚だろう」とすぐに引きさがったからだ。

「ちょっと前まで風邪ひいてて、熱もあったからそのせいかも」

「このところ寝不足で」

「騒いですみません。ご迷惑をおかけしました」

むろん、綾芽は代金を請求しなかった。

しかし「こっちの勘違いだったから」と言い張り、強引に払っていく客が大半だった。

それがさらに、彼女の申しわけなさを加速させた。

——どう考えても、店側で起こっているなにかだというのに。

習慣となった胃痛薬を飲み、綾芽は顔をしかめた。

店か、そうでなければビルの問題だ。なのにお客さまを恐縮させてしまっている。けっしてクレーマーなどではない、良心的なお客様をだ。最悪の事態だった。

——錯覚なんかじゃない。それははっきりしてる。

なぜって綾芽自身も〝見た〟からである。

四度目か五度目の騒ぎのとき、彼女は厨房からいち早く飛びだした。テーブルに真っ先に駆けつけ、その目で確かにとらえた。

ショコラムースの断面から覗く、ピンクいろのちいさな足を。しかも足は、ひくひく痙攣《けいれん》していた。

綾芽は声を呑《の》み、目をそらした――。が、その刹那《せつな》、今度こそ叫んでいた。

ガラスの向こうに〝影〟がいた。

まぎれもなく、エレベータにいたあの影だった。

それは、黒い靄《もや》のかたまりに見えた。だが人のかたちをしていた。頭部があり、胴があり、細い手足が伸びていた。

〝影〟はガラスに両手をべたりと押しつけ、綾芽を見ていた。

靄でできた頭部の中に、眼があった。白目を剝《む》いて、ぎょろりと彼女を睨《ね》めつけた。

――女だ。

綾芽は直感した。この影は、女だ。

女の瞳《ひとみ》をしている。

――でも、どこの誰かわからない。

その日、『KUKKA』はつねより二時間早く閉店した。

ストレスで痛む胃を押さえつつ、綾芽は店じゅうを点検してまわった。そんな彼女を横目に、役員でありブーランジェでもある杏実《あずみ》がぼそりと言った。

「……店には、入ってこれないんですね」

「え?」

聞きとがめて顔を上げた綾芽に、

「だってそいつ、いつも店の外から見てるんでしょう。最初はエレベータで、次は通路。店で錯覚騒ぎが頻発するようになっても、やっぱり影本体は通路から覗《のぞ》いてる」

杏実は唇を曲げた。

「——入りたいんですよ、そいつ」

綾芽の背が、ぞわりと鳥肌立った。胃の痛みが増す。手できつく、みぞおちを押さえる。

「あ、すみません社長。変なこと言っちゃって」

「ううん、いいの」

綾芽は首を振ってから、

「……でも、今日は早く上がるね」

と笑顔を作った。

社員たちに慌ただしく「お疲れさま」を言い、綾芽は店を出た。

五階まで階段で降り、フロアを大きく迂回《うかい》して、そこからはエスカレータを使う。

従業員用の地下駐車場に着いたのは、約二分後だった。

深呼吸する。愛車のヴォクシーに向かって歩いていく。

愛車のドアに伸ばした手を、はっと綾芽は止めた。

寒さで曇った窓に、文字が見えた。曇りガラスに指で書いたらしい文字だった。

――呪。呪。呪。呪。呪。呪。呪。呪。呪。呪。

運転席側のウインドウに、びっしりと書いてある。

――呪。


翌日、綾芽は店を休業した。

翌々日は店を開けたが、彼女自身は休んだ。厨房《ちゅうぼう》に立つことを考えただけで、胃がきりきり痛み、脂汗が全身に滲《にじ》んだ。

スタッフとアルバイトたちには平謝りした。内科医院で胃カメラを飲み、調剤薬局からは山ほど胃薬をもらった。

その後一週間は、なにごとも起こらなかった。

ひょっとしたら怪異は終わったのではないか――。そんな希望さえきざしたほど、凪《な》いだ平穏な日々だった。

だが、その考えは甘かった。

「いやあっ」

またもテーブルから悲鳴が上がったのだ。

綾芽は厨房を飛びだした。悲鳴が聞こえた方角へ、まっすぐ駆け寄る。

通路側のテーブルはすべて『予約席』の札を置き、使えぬようにしてあった。

だが、今回は窓際の席だった。

同じくガラス張りとはいえ、すぐ外には通路すらない。六階から望める街の景色が広がっているだけである。

だが女性客は椅子から腰を浮かせ、口に手を当てていた。

綾芽は見た。ショコラプディングの断面から、ぞろりと皿にこぼれ出たもの。そして窓いっぱいにへばりつき、店内を覗く薄黒いものを。

――駄目だ。

綾芽は自分の心が折れる音を聞いた。確かに聞いた、と思った。

――これ以上は、もう無理。

血の味が滲《にじ》むほど、唇を噛んだ。

最低でも二月いっぱい休業せねば――と、綾芽が決心した瞬間であった。

2

「甥《おい》から、紹介を受けてまいりました。どうぞよろしくお願い申しあげます」深ぶかと下げられた頭が、つと上がる。

「『ＫＵＫＫＡ』代表取締役の、相川綾芽と申します」

――おお、いかにも仕事できそう。

それが森司の、相川綾芽への第一印象だった。

三十代後半だろうか、小柄ながら引き締まった肢体だ。根もとまで栗いろに染めた髪を、潔くベリーショートにしている。

大きな猫目といい、トレンチコートにキャスケットのスタイルといい、性別も年齢も超越した独特の雰囲気があった。

「いやあ、まさか『ＫＵＫＫＡ』のメインパティシエールにお会いできるとは。しかも手づくりのお土産までいただいちゃって」

と、長テーブルを挟んで綾芽の正面に座る黒沼麟太郎《くろぬまりんたろう》部長は、満面の笑みである。

その右隣には森司が、左隣には鈴木が着いている。部長の従弟《いとこ》である泉水《いずみ》はバイトで不在だ。平日の昼間ゆえ、藍も当然いない。

「相川さんに素人のコーヒーをお出しするなんて、恐縮ですが……」

こよみが緊張のおももちで、湯気の立つカップを差しだす。

「いえそんな。わたしだってコーヒーは素人です」

笑顔で綾芽は受けとり、一口飲んだ。

「美味《おい》しい。熱くて、濃くて」

こよみに向かって目を細める。

雪越大学の部室棟は、鬱蒼《うっそう》とした木々に囲まれて構内の最北端に建っている。中でもいっとう北端が、ここオカルト研究会の部室であった。

オカルト研究会と言っても、べつだん黒魔術愛好家の集まりではない。呪術や儀式に夜ごと精を出しているわけでもない。

部室の内装もごく平凡で、魔術師アレイスタ・クロウリーのポスターと、超自然学の書籍が並ぶ本棚を除けば殺風景と言っていい。

特徴といえば部屋の約半分を占める長テーブルと、山と盛られた茶菓子くらいだろう。その菓子も、ふだんなら甘党の部長と来客が持ちよった市販品である。

しかし、今日ばかりは趣が違った。

なにしろ県内随一との呼び声も高いパティシエールが、自宅のキッチンでつい二時間前に焼いたケーキを持ってきたのだ。

目にもまばゆい、生クリームのホールケーキであった。

旬のオレンジとキウイがどっさり載っている。クリームが、なにやら芸術的かつ繊細なデザインで絞られている。ナイフを入れるのがもったいないような、どの角度から見ても完璧《かんぺき》なデコレーションケーキだった。

「甥っ子から、手土産はスイーツが喜ばれると聞きまして……。一昨日《おととい》はバレンタインでしたから、みなさんチョコは食傷気味ですよね？　ということで、スタンダードなホールケーキです」

「いやいや、チョコレートに飽きることなんてあり得ません。とはいえこのケーキは最高だなあ。遠慮なくいただきますね」

生クリームは刺身より早く鮮度が落ちますから——と、部長がためらいなくスポンジにナイフを入れる。

「こよみくん、お皿ちょうだいお皿。八神くん、どれくらい食べる？　けっこう大きめに切っちゃっていい？」

「大きめがいいです。あ、そのこぼれたキウイも、おれが食います」

「藍さんのぶんも残しておいてくださいね」

「もちろん。あとでＬＩＮＥしておかなきゃ」

ひとしきり大騒ぎしたのち、彼らは一転して静かにケーキを味わった。

豊かな後味を堪能《たんのう》しつつ、全員でコーヒーを飲みほしたところで。

「——で、こんなところまで相川さんがおいでになるってことは、やっぱり噂はほんとなんですか？」

黒沼部長が口火を切った。

「……お聞きになったのが、どんな噂かによります」

てきめんに綾芽が眉《まゆ》を曇らせる。

「ぼくが聞いたのは、ショコラトリー＆カフェ『ＫＵＫＫＡ』が呪われている、という噂ですね」

紙ナプキンで口を拭《ぬぐ》い、部長はずけずけ言った。

「否定はしません」

綾芽が苦笑する。

「だからこそ、お邪魔したんですもの」

「ですよね。相川さんのような方がぼくら一介の大学生や院生を頼るなんて、ずいぶんお困りのご様子だ」

「一応おことわりしておきますが、経営者や会社幹部だからといって、合理的とは限らないんですよ」

綾芽は言った。

「むしろジンクス、験かつぎ、風水、易などにこだわる人は、上層部にこそ多いです。商売は水ものですからね。人知の及ばぬ力はこの世に存在すると、経営者ほどよく心得ています」

「失礼ですが、甥御《おいご》さんはぼくらのことをなんと？」

「『御祈禱《きとう》が駄目なら次は有名な霊能者に、それで駄目なら宗教に……なんてルートじゃ、いいように絞りとられるだけだ。ぼくが通う雪大《ゆきだい》のオカ研なら相談料は取らないし、よけいなトラブルの噂もいっさい聞かない。一度相談してみて損はないだろう』と言われました」

「なるほど。手堅い甥っ子さんですね」

部長が愛用のマグカップを置く。

「確かにぼくらは営利団体じゃあない。なにより学生ですし、大学を除籍になるようなリスクはいっさい犯さない、とお約束します」

などと綾芽と部長がやりあう横で、

——しかし、びっくりだな。

ひそかに森司はひとりごちた。

まさか『ＫＵＫＫＡ』のメインパティシエールの相川綾芽と、バレンタインの二日後にあいまみえるとは思わなかった。こよみを落ちこませた休業が霊障がらみというのも、驚きの一言であった。

——藍さんの紹介で『糖柯』に入れた予約は、明日なのに。

いわばライバル企業に金を落とすわけで、なんとなく決まりが悪い。心なしか、こよみも気まずそうな顔をしていた。

「……噂どおりに呪われているかは、わかりませんが」

首をかしげて綾芽が言う。

「でもうちの店が、おかしなことになっているのは事実です。お客さまから苦情が出はじめたのは、去年の十二月からでした——……」

そうして綾芽は語った。

最初はエレベータに対するクレームだったこと。防犯カメラを確認すると、黒い影が映っていたことに対する御祓いしてもらったが効果なしだったこと。

黒い影が店内を覗《のぞ》くようになり、客が幻覚を見るようになったこと。綾芽の愛車にまで被害が及んだこと、等々――。

「いま現在も、その事象はつづいています。いえ、エスカレートしています。くだんの影は、いまや窓のほうからも覗くようになりましたし」

胃のあたりを押さえ、綾芽が眉をひそめる。

部長はうなずいて、

「気になりますね。そいつが店内へ徐々に侵入しつつあるのか、同時に力を強めつつあるのか。――ところで、プディングの断面になにをご覧になったんです？」

「え？」

綾芽がきょとんとする。

部長は微笑んだ。

「ショコラプディングの断面を見た瞬間、心が折れた、とおっしゃった。相川さんは、そこになにを見たんでしょう？」

「……髪の毛、です」

ため息とともに、綾芽は答えた。

「長い黒髪がひと房ですよ。手入れのよさそうな、とてもきれいな髪でした。女性の髪でしょうね。白いお皿いっぱいに、こう――ぶわっと広がって」

手で示して、頬を歪《ゆが》める。

それは確かにいやだ。森司は思った。

髪の毛というのは、美女の顔を縁どっているうちは美しい。だが抜け毛となった途端、なぜか急に忌まわしいものに変わる。床に落ちているだけでもなんとなくいやなのに、プディングから大量に出てくるなんて、考えただけでぞわぞわした。

「ぶしつけで申しわけないですが、恨まれるお心あたりは？」と部長。

「あると言えばありますし、ないと言えばない、としか」

綾芽はあいまいに言った。

「この歳まで生きてくれば、そりゃあ人と対立したことも、嫌われたこともあります。店を興してからはなおさらですね。先輩の年商を追い抜いてしまい、罵倒《ばとう》や嫌みをもらったことは、一度や二度じゃありません」

「ですよねえ。相川さんの業界は競争が激しい。逆恨みだってあり得るし、いちいち把握してられませんよね」

部長が腕組みした。

「しかしその〝影〟とやらは、いまだ店に入れない――か。店内に、強い結界でもあるのかな」

「いえ。店の中は、御祓いもなにもしてないんです」

戸惑い顔で綾芽が言う。

「御祈禱と御札が効果なしとわかった時点で、それ以上のことはしていません。盛り塩だけは管理人さんがつづけてくださっていますが、あくまでエレベータ前の床だけで、店内ではないんです」

「ふむ」

部長が首をひねって、

「まるで魔物ですね」と言った。

「魔物？」

「ええ。たとえば吸血鬼には『家人に招かれない限り、その家に入れない』という弱点があります。招待されるか、扉および窓を中から開けてもらわないといけない。一度許可をもらえれば、その後は自由に出入りできますけどね。またキリスト教にも、『悪魔は歓迎されない場所には近寄れぬ』という教えがあります」

「では」

綾芽の喉《のど》がごくりと動いた。

「ではわたしどもの店に出ているあれは、幽霊ではない……？」

「いえ、そうとは言いきれません。人の妄執が魔に変わることは、間々ありますからね。フィクションですが、いい例が雨月《うげつ》物語の『吉備津《きびつ》の釜《かま》』です」

部長は息継ぎして、

「あらすじはこうです。ある遊び人の男が、神官の娘と結婚しました。しかし男の不実はなおらず、彼女の金を盗んで遊女のもとへ走りました。裏切られた妻は病み臥《ふ》せり、ついには死んでしまいます。その後、妻は魔となり果てました。遊女を呪い殺し、男に『恨みがどんなものか、教えてさしあげる』と宣言したのです。

男は家じゅうに御札を貼り、四十二日もの間、籠城《ろうじよう》しました。魔物の妻は入れず、ずっと外で恨みごとを言いつづけます。やがて最後の夜がしらじらと明け、光が射しこんできました。男は『夜が明けましたよ。もう大丈夫です』と言う知人の声を聞き、喜びいさんで中から扉を開けます。――が、夜はまだ明けていませんでした。明るいと見えたのは月あかりだったのです。

やがてほんとうの朝が来て、本物の知人が男の様子をうかがいに来ます。するとそこにはおびただしい血と、風にばさばさと揺れる男の髻《たぶさ》ばかりが残されていた――。という話が『吉備津の釜』です。この場合もやはり〝中から開ける〟〝中にいる者が侵入を許す〟ことに意味があるんですね」

ひと息に語った。

「また有名な現代の怪談に『メリーさん』があります。ある少女が、ずっと大事にしていたメリーさんという人形を捨ててしまう。すると電話がかかってきて『わたしメリーさん。いまゴミ処理場にいるの』と声がします。少女が切ってもまたかかってきて、今度は『わたしメリーさん。いま駅前にいるの』。電話は何度も何度も鳴り、そのたびメリーさんは少女の家に近づいてきます。

やがて電話の声は『わたしメリーさん。いまあなたの家の前にいるの』と言いだします。少女はカーテンを開けて外をうかがうが、家の前には誰もいません。しかし背後から直接声がして『わたしメリーさん。いまあなたの後ろにいるの』。

この怪談では、かかってくる電話にいちいち応答することが〝魔への許容〟であり、侵入を許す行為に当たるんでしょう。魔は、生きた人間の領域に容易には入ってこれません。その代わり、一度入れてしまったなら暴虐の限りを尽くす……。なんとも暗示的じゃないですか」

部長は微笑んだ。

「とはいえ、朗報もあります。魔が店に入ってこれないならば、『KUKKA』に内通者はいない。つまり裏切り者はゼロってことですよ。会社役員、正社員、アルバイト、常連の中に、相川さんの敵はいません。これがわかってるだけでも、ぐっと気楽です。そうでしょう？」

3

オカ研一行は、そのままのメンバーで『KUKKA』の店舗を見にいくと決めた。

「その前に、窓に〝呪〟と書かれたヴォクシーを拝見したいんですが」

部長が言うと、

「すみません。雪大《ここ》にはバスで来ました」

綾芽は首を振った。

「車は店に置いてきたんです。大学の駐車場に、勝手に駐《と》めていいかわからなかったので」

「なるほど。そりゃそうですね」

納得して、彼らは大学前から出ている巡回バスに乗った。駅前のバス停で降り、しばし歩くと目当てのビルがそびえていた。

まずは、地下の従業員専用駐車場へ向かう。

綾芽の愛車である黒のヴォクシーは、西側の一番奥に駐まっていた。ウインドウはさすがに拭《ふ》かれており、くだんの文字は残っていない。

「どう？　八神くん、鈴木くん」

部長が肩越しに振りかえる。

オカ研の部員のうち、霊感があると言えるのはこの二人と泉水だけだ。とはいえ全員「視える」「感じる」程度であって、それ以上の力はない。霊を祓《はら》うことも、浄《きよ》めることもできはしない。

「うーん……。とくになにも感じませんね」

ヴォクシーを覗《のぞ》きこんで森司は言う。鈴木もうなずいた。

「おれも感じません。やっぱ問題は、ビルの中と違《ちゃ》いますか」

「ビルそのものか店舗の区域のみか、も問題だよね。それともちろんエレベータだ。相川さん、ビルの管理人さんにお話をうかがうのって可能ですか？」

「お待ちください。電話してみます」

スマートフォンを取りだすと、綾芽は手早く番号を呼びだした。


管理人はピンクいろの頬をした、健康そうなご老人だった。

ビルのオーナーの義弟だそうで、「定年退職した？　なら管理人でもやる？」と誘われて即決したのだという。本人いわく、掃除や観葉植物の水やり、空調管理、変電設備の修理など、自分のペースでやれて楽しい仕事だそうだ。

管理人室は手狭ながら、片付いていて清潔だった。

「え、『KUKKA』さんがテナントに入る前？　そんなこと聞いてどうするの」

湯呑《ゆのみ》に急須《きゅうす》を傾けつつ、管理人が問いかえす。

「じつは、あのう、例のエレベータのことで」

綾芽は言葉を探し探し答えた。

「御札を貼っていただいたのに、あまり効果がなかったんです。それで……失礼ながら、なにかいわくがある場所なんじゃ、と思いまして」

綾芽の背後に居並ぶ森司たちは、店のアルバイトということにされた。管理人は森司

たちにはまったく興味を示さず、

「いやな話は聞かないほうがいいんじゃない？」

『ＫＵＫＫＡ』さんには、ずっとうちにいてほしいと思ってるしさ」

とばかり繰りかえした。

オーナーの身内だけあって、綾芽に出ていかれては困るらしい。稼ぎのいい店子《たなこ》を逃したくないようだ。

しかたなく綾芽は、根気よく彼をかきくどいた。

「今後ともお世話になるつもりです。なにを聞こうが気持ちは変わりません」「ほんとうのところを知ったほうが、安心してお世話になれますから」と。

その熱が伝わったか、管理人の口は十分ほどでほころんだ。

「あー……、これを聞いたからって、ほんと、出てかないでほしいんだけど」

遠近両用の眼鏡を拭き、渋しぶ言う。

「『ＫＵＫＫＡ』さんが入る前はさ、六階のあの区画は……まあ、なんというか、あれだ。ビル内の〝鬼門〟だったね」

「鬼門？」

「いやな言いかたしてごめんよ。でもほら、あるじゃない。一見悪くない立地なのに、『あれ？　こないだここにラーメン屋ができたばっかりなのに、もう潰《つぶ》れたの？』『この一画、いつも新しい店ができては潰れてるな』みたいな場所」

「はい、ありがちですねえ」

黒沼部長が会話に首を突っこんだ。

「角地だったり国道沿いだったりと、一見すごく繁盛しそうな場所なのに、なんでか店が長つづきしない土地ってありますよね。けっしてまずいとか、不衛生なわけじゃないのに」

「そうそう、そういうとこさ」

管理人は手を叩《たた》いた。

「でもその手の場所には、たいてい理由がちゃんとあるんだよ。右折からだと車で入りづらいとか、微妙なカーブの途中にあるからつい通り過ぎちゃうとか」

「歩道橋の陰になって視認しにくいとか、ありますね」

「うん。そういう合理的な理由が、普通はあるわけさ。普通はね」

みなに茶を配って、管理人が自分の言葉にうなずいた。

「でも六階のあそこは、〝普通〟に当てはまらなかった？」部長が問う。

「はまらなかったねえ」

部長の相槌《あいづち》につられ、気づけば管理人の舌は軽くなっていた。

「まあ、『ＫＵＫＫＡ』さんが繁盛してくれたいまだから言えることとさ。当時はおれですら、ちょっと怖かったもの。十年足らずのうちに、ええと、店子さんが九回変わったんだっけか。いや十一回かな？　きりのいい数字じゃなかったのは確かだ」

「ともかく、みなさん一年弱で潰れたり、撤退されていったんですね」

「そうなんだ。あそこはエレベータの真ん前だし、動線で言ったら最高なんだよ。現に一階から五階でエレベータ前の店子さんは、みんな繁盛した。なんで六階だけ駄目なのかって考えたら……、そらやっぱり……うぅん……」

ふたたび管理人が口ごもる。

「けどまさか、あの場で亡くなられたわけじゃないでしょ？」

さらりと部長が鎌をかけた。

管理人は見事に引っかかって、

「もちろんさあ！」

と声を上げた。

「あの場でじゃあ、ないない。首をくったのはご自宅でだよ」

「ですよねえ。それでもやっぱりビルのオーナーや、管理人さんにしたら気分よくないですもんね」

同調して部長が追い打ちをかける。管理人は誘導尋問に気づきもせず、

「ああ。よく知ってる人だったからね」

と首肯した。

「知ってる人があぁいうことになるってのはさ、おれくらいの歳になってもしんどいもんだよ。なのにあそこのご主人は、まだ四十前だったから……」

その後も部長はうまく管理人を転がし、しゃべらせつづけた。

結果、わかったことは以下だ。

約十九年前、現在『ＫＵＫＫＡ』がある区画には中国四川《しせん》料理店が入っていた。

店長は料理の腕こそ抜群だったが、よくない癖があった。ギャンブルである。

悪い友人に誘われ、彼は非合法スロットに溺《おぼ》れはじめた。商売はおろそかになり、腕は落ちた。店には閑古鳥が鳴いた。気づけば多額の借金を抱えていた。

妻子に背を向けられたのも、当然のなりゆきであった。

なにもかも失った彼は、ある日自宅で縊《くび》れて死んだ。店も即座に潰れた。

中国四川料理店のあとには、イタリアンレストランが開業した。洒落《しゃれ》ていて美味《うま》い店だった。にもかかわらず、なぜか一年と持たなかった。

その次はラーメン屋が、そのあとは焼き肉屋が、そのまた次は居酒屋が入った。

結果は毎回同じだった。

全国チェーンのファミレスが入ったこともある。だがやはり、あっという間に撤退した。飲食店ではなく、アパレルや百均ショップにしても駄目だった。

「おれもオーナーも、もうあそこは捨て地にするか――、なんて諦《あきら》めかけてたんだ」

渋茶を啜《すす》り、管理人は息をついた。

「でもそこに『ＫＵＫＫＡ』さんが入ってきて、あの繁盛ぶりだろ？　二人してほっと胸を撫《な》でおろしたよ。もうね、救世主だ。相川さんは女神さまだよ。おまけに八年もあそこにいてくれるんだから、ありがたいなんてもんじゃない」

「ですよねえ。わかります」

部長は笑顔でうなずいてから、「ところで」と言った。

「かの四川料理店は、なんてお名前でしたっけ？」

「『旺蘭《おうらん》』さんだ」

管理人は即答した。

「あそこのモツ煮込みは絶品だったよ。辛さの中に、旨《うま》みが凝縮されててね。冥途《めいど》の土産に、もういっぺん味わってみたいもんだ」

4

つづいて森司たちは六階の老舗《しにせ》テナント、『古本・切子《きりこ》書房』にエスカレータで向かった。管理人もこころよく同行してくれた。

「『旺蘭』だって？　なっつかしい名だなあ」

作務衣《さむえ》姿の店主が、小あがりのレジ席で嘆息する。

彼の背後には赤江瀑《あかえばく》、中井英夫《なかいひでお》、橘外男《たちばなそとお》などの非売品がずらりと並んでいた。丸眼鏡をずり上げ、店主は管理人に顎《あご》をしゃくった。

「あのご主人、女ができて死んだんだっけ？」

「違うって。借金さ」

「ああそうだ。闇スロにハマったんだったな。そんで嫁さんに逃げられかけて」

「そうそう」

管理人とうなずきあってから、「いやぁ懐かしい」と彼はいま一度言った。

かの『旺蘭』の主人はどんな男でしたか、との部長の問いに、

「そりゃ『料理は一流、博打《ばくち》は三流』の一言だね」

店主は即答した。

「とはいえ本人は、死ぬ間際まで博打ができて本望だったろうさ。気の毒なのは、奥さんだわな」

「だよな。後始末を全部ひっかぶらされちまった」と管理人。

「とくにあれだよ、ほら、覚えてないか？　奥さんが最後に店に来たとき、エレベータがさ……」

「エレベータがどうしたんです」

部長が食いついた。

「いや、たいした話じゃない――と言いたいとこだが」

綾芽に向かい、書房の店主が片目を細める。

「そっか、そういや『ＫＵＫＫＡ』さんも去年エレベータを御祓《おはら》いしてたっけな。あのエレベータは、『旺蘭』のご主人が亡くなったときもおかしくなったんだ」

「どうおかしくなったんですか」今度は綾芽が問う。

店主は顎を掻《か》いて、

「ご主人がああなって、奥さんが店の最後の片付けに来た日のことさ。さて奥さんが引きあげるってときに、数人でエレベータを待ってたんだ」

と言った。

「階数表示のランプが六階に近づいてきて、チンと鳴って、扉がひらいた。で、先頭にいた奥さんが乗りこんだ——途端、なぜか勝手にドアが閉まったのさ。中に奥さんを閉じこめたまま、エレベータはうんともすんとも動かなくなっちまった。おれたちが非常ボタンを押したり、管理会社に連絡したりといろいろやったんだが、結局、二時間くらい開かずじまいだったね」

「中の奥さんは？　無事だったんですか」

「ああ。だがやっと開いたときは、真っ青な顔でしゃがみこんでたよ。『耳もとで、行くなと言われた。〝帰さない、帰さない〟と、主人の声で何度もささやかれた』って、うわごとみたいに言ってたっけ」

店主は肩をすくめて、

「いま思やあ、もっと定期的に御祓いしとくべきだったたな。二十年近くねちねち粘って祟《たた》るとは、あのご主人もツラのわりにしつっけえ男だ」

「やめれって」管理人が顔をしかめる。

「ほんに切子さんは口が悪《わ》りい」

「だども二十年だぞ、二十年近くだ。オーナーの身になりゃ、このくれえ言ってもばちは当たんねえさ。見てみ、『KUKKA』さんだって気にしてる証拠に、こんげにぞろぞろ雁首《がんくび》揃えて……」

と丸眼鏡越しに一同を眺めまわす。その目が、ふと一点で止まった。

「おっ」

彼が目を留めたのは、こよみであった。

「あんた、うちのお客さんだな。うちに何度か来なすったこと、あるだろう?」

「あ、はい」

こよみが首肯する。

「三、四回、こちらで本を買いました」

「だよなあ。いつだったか久生十蘭《ひさおじゆうらん》の棚の前で、迷って迷って二冊買っていったろう。よっしゃ」

膝《ひざ》を叩《たた》いて、居ずまいを正す。

「お客さんにはサービスしなきゃな。なにが訊《き》きたいんだい?」

「では、エレベータの話のつづきを」

こよみは早口で言った。

「さきほど〝奥さんが店の最後の片付けに来た〟とおっしゃいましたよね」

「ああ。その後、奥さんは二度と顔を見せなかった」

「では以後、エレベータの運行に異状はなかった？　『ＫＵＫＫＡ』さんが御祓いをするまで、一度も問題なしでしたか」

「ん？　いやあ……」

店主が視線をさまよわせた。管理人に顔を向ける。

「そういや、十二、三年前もなんかあったよな？」

「え？　そうだっけか」

「あったさ。ほれ、向かいのビルで飛び降りがあったとき」

「ああ」

管理人が大きく首を縦に振る。

「そんなこともあったな。切子さん、よく覚えてるねえ。そうだそうだ、通路の突きあたりの窓から、飛び降りる瞬間がまる見えだったな」

「通路の突きあたりの窓というと……」

こよみが身をのりだす。

管理人がうなずいた。

「エレベータの、すぐ側の窓さ。向かいのビルの屋上は五階建てだから、屋上はうちの六階と同じ高さなんだ。失恋した若い女の子が、そこからふいっと飛び降りてね。その後しばらく、うちのビルのエレベータが変だったんだ」

「エレベータだけですか？」

思わず森司は口を挟んだ。

「お店は――、いま『KUKKA』さんが入っている区画は、なんともなかったんですか」

「なかったはずだ。当時の店子《たなこ》さんは、ええと、洋食屋だったと思う。オムライスかなんかの店だな」

「エレベータは、どう変になったんです？」

「〝出る〟といっとき騒がれたのさ。客が六階から乗りこむと、エレベータの鏡に女の子が映るとかなんとかだ。けど飛び降りがあったビルのついでみたいな噂だったし、数日でおさまったから、たいして気にもしなかった」

「じゃあ飛び降りる瞬間、彼女が最後に見たのがこっちの六階だったのかな。そのエレベータの乗り口って……」

森司は考えこみ、言った。

「きっと、入っていきやすいんですよ」

5

店主と管理人に礼を言って別れ、一行は『KUKKA』に向かった。フロアをぐるりと半周して、問題のエレベータ前に着く。

「思ったほどじゃない……かな」

　やや拍子抜けの思いで、森司は部長を振りむいた。

「確かに、ちょっとした〝出入口〟ではありますね。けどたいしたことないな。霊道ですらありませんよ」

「ですな。おれが事故物件めぐりをしてたとき、これよりひどいとこがようさんありましたもん」

　と鈴木も同意する。

「風通しがいい――と言うたら変でしょうが、ここはふらっと迷いこんだとしても、すぐ出ていける場です。入り口は確かにあるけど、出口がそれ以上に大きい」

「凝《こご》って、溜《た》まるたぐいの場所じゃないよな」

　森司は首肯した。

「イタリアンレストランが流行《はや》らなかったのは『旺蘭』の主人のせいかもだけど、気が済んで自然と消えた感じだ。その後にファミレスや百均ショップが撤退したのは、偶然だと思う。飛び降りた女の子は、数日でいなくなってる」

「でも、それなら」

　綾芽が胸の前で両手を組む。

「それなら、わたしの店に付きまとっているあれは――あの影は、どうして消えないいんです？　去年からなんですよ？　なぜ二箇月半もとどまっているんです？」

「それは……ええと、おれたち二人とも〝視える〟ってだけで、それ以上のなにものでもないんです。だから断言はできないんですが」

　森司は言いよどんでから、

「たぶん、目的があるんだと思います」と言った。

「目的？」

「はい。出口があるのに、あえて出ていかない。影の目的はわかりませんが、おそらく遂げるまで出ていく気はないんでしょう」

「そんな……」

　綾芽がよろめき、壁に背をついた。

「相川さん」

「大丈夫ですか」

　森司と部長が急いで駆け寄る。

　綾芽は青い顔で「大丈夫です」と手を振って、

「それより、目当てはやはりうちの店だと考えていいんですね？　なにかのきっかけでエレベータから入ってきて、通路まで侵蝕《しんしょく》してきた。いずれ、中に入ってくる気でしょうか？」

「どうでしょう」

森司は首をかしげた。

「それも、まだなんとも言えません。まずは店内を見せていただけますか？　強い結界があるのか、それだけでも確かめたいです」

『休業中』と張り紙のあるガラスのドアを、綾芽が開錠する。オカ研一同は、おそるおそる『ＫＵＫＫＡ』の中へ踏み入った。

ごくシンプルながら、色みを白、黒、赤に絞ったモダンな内装だ。入ってすぐにショウケースと会計レジがあり、その奥はＩ字形のカウンターだった。テーブルは通路に面した壁際に二つと、フロア中央に三つ、窓際に四つ並んでいる。

厨房《ちゅうぼう》はさらにその奥だった。腰高より上がガラス張りで、客が中の作業をうかがえる造りである。全体に光が多く、明るい。休業中にもかかわらず、繁盛している店特有の華やいだ空気が満ちていた。

「どうです？」

おそるおそる、といったふうに綾芽が訊く。

「あー……」

森司は鈴木を見やった。彼の瞳《ひとみ》に、自分と同じ感情を読みとる。

さっきエレベータの前でも見た〝拍子抜け〟の色であった。

――なんでもない場所だ。

エレベータには、まだしも霊の波動を感じた。

しかしこの店には、ほんとうになにもない。

霊が寄ってくることもない代わり、撥《は》ねつける力もなかった。フロアも家具も小物からも、なにひとつ感じない。まるっきりののっぺらぼうである。

――じゃあ例の黒い影は、どうして入ってこれないんだ？

森司はいぶかしんだ。

――盛り塩も御札も無視できるクラスの霊障だ。この店に入ってこれない理由が、どこにある？

わからなかった。店内に手がかりらしい手がかりはない。綾芽に質問しようにも、その取っかかりすらなかった。

さてどうするか――と森司が首をひねったときだ。

蝶番《ちょうつがい》が軋《きし》む音がした。

視界の端で、黒いものがさらりと揺れた。

「ひっ」

高い悲鳴が上がる。

綾芽の声だった。彼女の体が、大きく傾ぐ。一番近くにいた部長が、咄嗟《とっさ》に手を出して綾芽を支えた。

蝶番の軋みは、『STAFF　ONLY』と書かれた扉がひらく音だった。中から、黒髪の持ちぬしが出てくる。その向こうにもう一人いる。

「……あれ？　店長？」

背後の影が、目をぱちくりさせた。

「あずちゃん」

部長に支えられながら、

「……ど、どうして？」

綾芽が呆《ほう》けた声を出す。

「お休みなのに、あ、あずちゃんがどうして」

「すみません。松井《まつい》さんがロッカーに忘れ物をしたそうで」

そう謝罪する女性は、ブーランジェの杏実であった。

「店長は体調悪そうだったし、鍵《かぎ》ならわたしも持ってるからいいかなって……。無断で入ってすみません」

「いいえ、杏実さんに甘えたわたしがいけないんです。そういえば休業中だからって、髪も結ばず入っちゃいました。すみません。掃除機かけておきます」

アルバイトのウエイトレスだという松井が、何度も頭を下げる。

「え……あ、ううん」

綾芽はぼんやり手を振った。

「いいの……。わたしこそ、大げさに驚いてごめんなさい」

だがその声は、いかにもうつろだった。

杏実とバイトの子が出ていくのを見送り、部長は綾芽に向きなおった。

「相川さんは、長い髪がお嫌いですか？」

綾芽の肩がぴくりと動いた。

「エレベータの黒い影より、グロテスクな雛《ひな》の幻覚より、あなたはプディングからこぼれた黒髪に大きく反応した。ふだんも『長い髪は結ぶか、編んで』と厳しく指導しておられるようだ」

「それは、衛生面を考えて……」

「厨房はもちろんそうでしょう。でも彼女たちが出てきたのは事務所でした。気にしているのは、衛生面だけじゃないですよね？」

やんわりと、だが有無を言わせぬ口調で部長は押した。

「なにかトラウマでもおありですか？　よかったらぼくらを信頼して、打ちあけてもらえませんか。むろんぼくらは一介の学生に過ぎません。ですが、お話くらいは聞けますよ。他言は絶対にしないとお約束します」

「………」

綾芽の体から、目に見えて力が抜けた。

6

さきほど杏実たちが出てきた扉を、全員でくぐる。

中は四帖《じょう》ほどの事務所だった。壁際に金属製のロッカーが並び、手前には折りたたみ式の長机やパイプ椅子が置いてある。

「……馬鹿みたいな話なんです。十年ほど前のことでね。いまは口にするのも恥ずかしいくらい」

森司たちは綾芽を囲むように腰かけた。

中心の綾芽はといえば、がっくり肩を落としている。小柄な体が、さらにひとまわり縮んで見えた。

「わたしが独り立ちしたばかりの頃でした。……知人に、ある男性を紹介されたんです。その頃のわたしは、笑えるくらい世間知らずだった。パティシエールになるために必死で、それまでは男性とお付き合いするどころじゃなかった」

声音に、自嘲《じちょう》が濃く滲《にじ》む。

「素敵な人でした。いま考えれば、あんな素敵な人が独り身なわけないんです。でもそのときは、目がくらんでしまった。間に人を挟んでもいたし、知人がおかしな人を紹介するまいと思いこんでいました」

「どれくらい、お付き合いされたんです？」

部長が控えめに尋ねる。綾芽は唇を歪《ゆが》めた。

「二年と七箇月」

「二年半以上か……。長いですね」

「ええ、わたしもそう思う。――だって、結婚の話まで出てたんだもの」

口調が苦さを増した。

「彼はいつも、どんな新居を建てたいとか、子どもは何人ほしいだとか、そんなことばかり話してました。『新婚旅行は質素でいいから、貯金を家の頭金に当てよう』とか、『結婚指輪よりお揃いの腕時計がいいね』だとか、ものすごく具体的だった。もし一度でも『お金を貸して』なんて言われていたら、わたしだってすこしは警戒したでしょう。でも彼はお金にきれいで、スマートでした」

綾芽は前髪を手で払って、

「でもある日、全部終わった。……彼の奥さんから、電話が来てね」

苦い声を落とした。

「彼のスマホの番号からでした。女性の声で『これ以上主人に付きまとうのはやめてくれ。民事訴訟も検討している』とまくしたてられたんです。青天の霹靂《へきれき》でした。彼が既婚者だなんて、一瞬たりとも疑ったことはなかったから」

「それで、訴えられたんですか？」

「いいえ」

部長の問いに、「裁判沙汰《ざた》はまぬがれました」彼女は言った。

その後、呼びだしに応《こた》え、綾芽は一対一で細君と会ったのだという。

場所はファミレスだった。その場で綾芽はスマートフォンを出せと言われ、メール、LINE、SNSと、すべての履歴をチェックされた。

「そのやりとりで、わたしが彼にだまされていたと立証できたんです。彼は、わたしとの会話を毎回消していた。でもわたしは、すべて残していた。彼が『早く一緒に暮らしたい』『ぼくの姓になってほしい』『きみを想いながら一人で寝るベッドは味気ない』等々、独身を装いながら結婚を匂わせていたのは、誰の目にもあきらかでした。奥さんが訴えて勝てそうな材料は皆無だった」

でも、惨めでした――。

綾芽はうなだれた。

「だまされていた、と立証できても、すこしも嬉《うれ》しくなかった。惨めなだけでした。奥さんのほうも、呆然《ぼうぜん》としてました。そりゃあそうでしょう。ともに暮らしていながら『一人で寝るベッドは味気ない』なんてメッセージを他の女に送られてたんだから、最悪の屈辱ですよ。お互い、最低最悪の会合でした」

そうして綾芽はつづけた。

奥さんの髪が、とてもきれいだったんです、と。

「髪の手入れに気を遣う女性は多いですよね。でも彼の奥さんの髪は、群を抜いてきれいだった。ああいうのを〝みどりの黒髪〟って言うんでしょう。濡《ぬ》れたみたいに艶《つや》を帯びて、光が当たると青みがかって」

綾芽は部長を見やった。

「さっき『長い髪がトラウマなのか』とお訊《き》きになりましたよね。そのとおりです。わたしのトラウマは、あの奥さん」

もう顔は思いだせないのに、彼女の髪だけをいまも覚えています――。

そう告げる綾芽の声は、ひどく平坦《へいたん》だった。

「ファミレスでの会合のあと、わたしは髪をばっさり切りました。以後は一度も伸ばしていません。いえ、伸ばせないんです。以後は、ずっとベリーショートです」

「いやなことを思いださせてしまって、すみません」

部長は沈鬱《ちんうつ》に頭を下げた。

「それで、くだんの男性は離婚されたんですか？」

「いいえ。わたしが身を引いて、それだけ」

綾芽は首を振った。

「彼からは『妻が不妊治療にかまけていて、寂しかった』と、言いわけめいたＬＩＮＥが届きました。それを最後に、わたしのほうからブロックして終わり」

「あのう……。でもそれなら、相川さんに落ち度はないですよね？」

　森司はそっと割りこんだ。

「相川さんは完全にだまされた側なんですから、それこそ民事で訴えてもよかったんじゃ？　奥さんが納得して引きさがるくらい、確たる証拠もあったわけですし」

「当時も勧めてくれる人はいました。でも、やめました。あの頃は恨みより、自責の念が強かったんです。それに……」

　綾芽の口調に、ふたたび自嘲が混じる。

「それに……恥ずかしかった。当時はわたしも社会も、いまとは意識が違いました。恥をさらすくらいなら、全部呑《の》みこんで忘れたほうがマシだった。だからそれ以後、わたしは男性とお付き合いできていません。恋愛なんてこりごりだと、仕事ひと筋に生きてきました。——なのに」

「なのに？」

　部長がうながす。

　綾芽はやや視線をはずして、

「噂で聞いたんです。彼の奥さんが最近、自動車事故で亡くなったらしい、と」

　低く告げた。

「らしい、ですか？　さだかではない？」

「いいえ、その後すぐ検索して、ネットニュースで確かめました。間違いなく、あのときお会いした奥さんでした。名前も年齢も、住所も一致していました。告別式は、とうに終わっていましたが……」

感情をもてあますように、綾芽は利き手で髪をくしゃりと掻《か》いた。

部長が目をすがめる。

「死んだ奥さんが、まだ自分を恨んでいるのではないか、と相川さんはお考えなんですね？」

「考えというか……、ええ、そうです。はっきり言ってしまえばそうなんでしょう。こんなの、亡くなった奥さんに失礼ですよね。わかってます。でも頭で理解していても、わたしは奥さんが黒い影の正体では、と疑っています」

目じりが、かすかに引き攣《つ》れた。

「だって——不妊治療中だったんですよ？　わたしの親戚《しんせき》にも、同じ施術を受けた人がいます。すごく痛くて、つらいものだと聞いてます。自分がそんなつらい治療を受けているのに、その間に夫に浮気《うわき》されたら——。わたしだって、恨まずにはいられないと思う。夫と、その浮気相手の両方を」

「かもしれませんね」

部長はまぶたを伏せた。一拍置いて、

「すみません。もうすこしだけお聞かせください」

と目を上げる。

「その奥さんは、いつ亡くなられたんです？」

「去年の十二月はじめです。わたしが知ったのは、年明けですが」

「くだんの男性とは、知人の紹介で知り合ったとおっしゃいましたね。具体的には、どなたの紹介でしたか？」

「栄養調理専門職学校の先輩です」

「女性ですか。それとも男性？」

「男性です。二期上の、栄養士コースの人でした」

「現在もお付き合いはあるんですか？」

「ありません。わたしのほうから疎遠にしました」

「たいへん恐縮ですが、その先輩と、いっときお付き合いした男性の素性を教えてもらえませんか？」

　部長は抑揚なく言った。

「もちろん相川さんにご迷惑はかけません。個人情報の漏洩《ろうえい》もしません。その点は、堅くお約束します」

　綾芽は数秒固まっていた。

　だが、やがて立ちあがり、ふらりと事務所を出た。そして数分後に戻ってきた。

　その手には二枚の名刺があった。

「あくまで当時のものです。二人とも、転職したかもしれませんが……」

「ありがとうございます」

受けとった部長が頭を下げる。森司たちは首を伸ばし、そっと覗《のぞ》きこんだ。

「……あのう」

真っ先に声を発したのは、こよみだった。

「こちらの栄養士の資格をお持ちの方《かた》、桑山《くわやま》さんと同じ会社じゃないですか？」

「だよね。ぼくもそう思った」

部長がうなずく。

あらためて森司も、二枚目の名刺に目を凝らした。

——そういや桑山さんは、大手食品会社の開発部にいるんだっけ。

桑山保《たもつ》。雪大農学部のOBかつ泉水の友人である。かつてはドッペルゲンガー騒動で、オカ研への依頼人にもなった。最後に会ったのは、確か花見の席だ。

部員たちは無言で顔を見合わせた。

7

それから一夜が明けた、十七日の夜。

森司は自分のアパートにこよみを招いていた。

名目は〝無念に終わったバレンタインのやりなおし〟である。そのために藍の紹介で、有名ショコラトリー＆レストラン『糖柯』の宅配サービスを予約したのだ。

料金については多少揉《も》めたものの、

「そこは済んだ話だ。おれはきみから今年のチョコをもうもらっている」

と森司が言い張り、割り勘で決着した。

ただしシャンパンの注文は割高すぎたため、そこのみ別口で森司が手配した。なぜシャンパンかというと、

「フルーツとかチョコに合うのって、シャンパンな気がする。だって映画で観た……気がする」

という、彼のぐだぐだな記憶がもとであった。ちなみにAmazonで購《もと》めた二千円台のシャンパンながら、味のレビューは星4・5である。

こよみが森司のアパートに着いたのは、六時四十五分だった。

頼んだコースの箱は、ほぼ予定どおりの六時五十八分に着いた。

一見、なにも問題ない夜かに見えた。会話はスムーズかつなごやかに進み、料理は思いのほか豪華だった。シャンパンも期待以上だった。

しかし、約一時間後。

森司は携帯電話を耳に当て、悲愴《ひそう》な声で叫んでいた。

「藍さん、助けてください！」

その顔は蒼白《そうはく》だった。

「お願いします。いますぐ来て。灘が、灘が大変なんですッ……！」

彼の叫びから、ときは六時四十五分までさかのぼる。

「いらっしゃい。灘、どうぞどうぞ上がって」

胸を高鳴らせつつ、森司はこよみをアパートに招き入れていた。

日中のうちに「ラフな服装で来て」とは言っておいた。かく言う森司もパーカーにジャージパンツという、普段着中の普段着だった。

「お邪魔します」

そう頭を下げるこよみは、紺のニットにマキシ丈のラップスカート、見慣れたコートという恰好《かっこう》だ。その白いデコルテには、森司自身が贈った真珠が揺れていた。

『糖柯』からの宅配サービスも、滞りなく届いた。支払い方法は代引きである。大声では言えぬ話だが、藍の紹介ということで三・五割も引いてもらえた。

「灘、じつはシャンパンがあるんだ、シャンパン。今日Ａｍａｚｏｎから届いたばかりのほやほやだ」

森司はうきうきと料理の箱を置き、にやけながら言った。テンションが上がりすぎて、つい購入元まで口走ってしまう。

「わたしシャンパンの開けかた知らないんですが、大丈夫ですか？」

「おう、ネットで調べておいた。任せてくれ」

森司は胸を張った。これも「任せてくれ」の一言でよかったな、と反省しつつ、壜《びん》をかまえる。

「泡が出るかな。拭《ふ》くもの持ってきますね」

「うん。あ、灘そこ立たないで。当たるかも。抜けた栓がきみに当たるかも。いやそこもまずい。もうちょっと左」

などと大騒ぎした甲斐《かい》あって、シャンパンは無事開いた。

噴きだした泡も、必要最小限の被害で済んだ。

「ごめん。シャンパングラスなんてないから、普通のグラスだけど」

家にある中で、一番背の高いグラスに注ぐ。底から立ちのぼる泡が、それなりに美しく映えた。

無難なデザインのグラスを買っておいてよかった。森司は心から思った。同じアパートに住む先輩たちの、

「グラス？　昨日飲んだワンカップ大関があるだろ」

などというセンスに染まらなくて正解だった。いくらなんでも愛する乙女に、「さあどうぞ。洗ってあるよ」とワンカップの空き壜は渡せない。

料理が入った宅配の箱には、一、二、三と順番が書いてあった。数字に従って、順に箱をひらく。

「ええと……『アボカドをカカオパウダー入りマヨネーズソースで和《あ》え、穴子と合わせた前菜』だって」

「すごい。本格的ですね」

「だなあ。おれ、てっきり甘いのばっか届くのかと思ってたよ。ちゃんとしたフレンチのコースなんだな」

感嘆しつつ、森司は箱から出した前菜をロウテーブルに広げた。

親切にも紙皿が同梱《どうこん》されており、プラスティックのカトラリーまで付属している。

「えー、じゃあ乾杯しようか」

「はい」

「乾杯」

グラスを掲げ、かるく合わせた。シャンパンをひとくち含む。

——おお、意外といい感じじゃないか？　おれ。

森司は、脳内で自画自賛した。

こよみちゃんをはじめて招待したときは、そりゃもう緊張しまくった。だが今日は、われながら態度に余裕があるぞ。さすがのおれもこなれてきたらしい。もしかしたらこよみちゃんも、今日のおれに多少なりと貫禄《かんろく》を感じてくれるのでは——。

そう期待を抱きつつ、

「いま頃、泉水さんたちも乾杯してる頃かな」

森司は微笑した。

昨日の泉水はバイトが忙しく、結局最後まで顔を出さなかった。しかし今日は眠そうながら、午前中のうちに部室へあらわれた。

「あ、泉水ちゃんだ！　ねえねえこれ見て」

と部長が、さっそく彼にスマートフォンを突きつける。

液晶に表示された画像は、カメラアプリで撮った名刺であった。綾芽をだましたという、例の不届き者どもの名刺だ。

――株式会社モリヅノ　営業部第二課　須東征正《すどうゆきまさ》
――株式会社アノフーズ　惣菜《そうざい》商品企画部第四課　嶋尚平《しましょうへい》
「『アノフーズ』？　ああ、桑山の会社だな」

あっさり泉水はうなずいた。

その後、部長からひとくさり説明を聞き、

「で、どっちがどっちなんだ。相川綾芽って人をだまして不倫したのは、須東のほうで合ってるか？」

と即物的に問う。部長がうなずいた。

「そう。だました本人が『モリヅノ』営業の須東。貞操権侵害の仲介役をしたのが嶋。同じく食品系の会社だし、お互い取引先なんだろう」

「本家、おれにもこの画像くれ」

泉水は言った。

「桑山に送っとく。あいつなら遅くとも、三時休憩までには返事を寄越すだろう」

「ありがと。でもあそこの会社は大きいから、部署が違うと全然わからないかもね」

「それは言える」

と彼は首肯して、

「桑山はふだん、開発部の研究室にこもりきりだしな。だが部署をまたいだ飲み会が多いと聞くし、あいつは人なつこい男だ。望みは充分にある」

はたして泉水の予想どおり、桑山は昼休みにレスポンスを送ってきた。

「朗報だぞ。今夜、桑山と会って話を聞いてくる」

泉水が携帯電話を掲げて言った。

「嶋って野郎を、桑山はちゃんと認識してた。だがやつの所業に心当たりがありすぎて、メールやLINEじゃ語りきれんとよ。藍も入れて、古町《ふるまち》の居酒屋『大漁舟《たいりょうぶね》』を三人で予約した。本家も来るか？」

「ううん。ぼくはいい」

本家と呼ばれた黒沼部長は手を振り、

「仲良し三人組のほうが話しやすいでしょ。つもる話もあるだろうし、ゆっくり楽しんできてよ」

と微笑んだ。

それが、本日の午後二時過ぎのことである。

「……あの三人が揃うと、居酒屋が狭く感じそうだなあ。泉水さんと桑山さんは身長百九十センチ超えだし、藍さんだっておれより高いし」

笑いながら、森司は次の箱を開けた。

こちらはパンだった。『パン二種。カカオ天然酵母使用のパン。チョコマーブルのクロワッサン』と説明書きが添えてある。

ひとくち食べて、二人は目を見張った。

「さすが、パンも美味《おい》しいですね。間違いない味というか」

「クロワッサン、美味《うま》いなあ。あ、灘、バターいる？　というかうちには、バター風味のマーガリンしかないけど」

マーガリンのプラスティック容器を挟み、森司たちはご機嫌でショコラトリーのパンをたいらげた。

三箱目は魚料理であった。『平目のえんがわと鮪《まぐろ》のポワレ。カカオビネガーとバルサミコのソース』だそうだ。

ポワレとはなんぞ――と思いつつ、森司は口に運んだ。

「このお酢、ほんとにカカオの風味がします」とこよみ。

「ほんのりと香るな。でもカカオって言われなきゃわからないかも。ちょっとコーヒーみたいな、焦げた風味っていうか」

魚は新鮮そのものだった。外側はかりっと焼きあがり、歯を立てると身のふっくらした滋味が溢《あふ》れだす。

「そういえば、灘」

手酌でシャンパンをグラスに注ぎながら、森司は言った。

「バレンタインのチョコ、ありがとう。一個ずつ大事に食ってたけど、ついに今朝、最後の一個がなくなったよ」

「あれ、簡単なんです」こよみが照れたように笑う。

「湯煎《ゆせん》したチョコに、材料を加えて固めるだけですし」

「そうなんだ？　でも湯煎って、おれはやったことない作業だよ。今度、チャレンジしてみようかな」

森司は平目のえんがわにフォークを突き刺して、

「……い、一緒にやってくれる？」

こよみのほうを見ず、言ってみた。

「え……」

室内の空気が、一変したのがわかった。

やはりこよみを見ぬまま、森司は言葉を継いだ。

「あ、いやもちろん、灘さえよければだけど……」

「わたしですか？　わ、わたしこそ、先輩がいやでなければ……」

こよみのほうも彼から視線をはずしている。それが、なぜか見ずとも伝わってきた。

数秒の沈黙ののち、こよみが言う。

「こ、ここでですか?」

「え」

「先輩の家で……?」

「う、うん。教えてもらえたらと……」

「二人で、キッチンに並んで……」

「いやあ、うちのはキッチンなんて呼べるようなあれじゃないけども……」

やたらと語尾に「……」の付く会話がつづく。つづくごとに二人ともうつむき、声がちいさくなっていく。

まずい、と森司は思った。

いや個人的にはまずくない。けっしてまずくないのだが、なんだかこう、空気が甘いというか、ピンクがかってきたというか、あれだ。まったくもってまずくないのに、まずい。もしこの空気を今後も維持したならば。

――ま、間違いが起きそうだ。

いや正確には、間違いとも言いきれない。

もしかしたら正しいことかもしれないし、将来的なもろもろを鑑《かんが》みて、責任を取ればよいのではという気もした。

だが脳内で誰かが「まだ早い」と怒っていた。「順序を守れ。段階を踏まんか」とのお叱りであった。

——ご、ご先祖さまのお叱りかな。

いぶかりつつ、森司は四つ目の箱を開けた。

添え書きは『村上《むらかみ》牛のステーキ。カカオブリューイングとトリュフの赤ワインソース』であった。

「おお、肉だ」

ピンクがかった空気が、おかげで一気に薄れた。

「コースだけあって、ステーキまで食べられるんですね」

「ブリューイングってなんだろ。ま、いっか。検索はあとにしとこう。とにかく肉があったかいうちに食べよう」

いそいそと森司はカトラリーを手に取った。

プラスティックのナイフでもあっさり切れるほど、柔らかい肉だった。

「美味いな」

「美味しいです」

真正面のこよみと、微笑みあう。

——おかしいな。

森司は首をかしげた。

ふわふわしたピンクがかった空気が、またも戻ってきた。こんなに美味い肉だというのに、食に集中できない。意識が、目の前の乙女から逸《そ》れてくれない。

「こ、このシャンパン、けっこう酔うな」

額に滲《にじ》んだ汗を、森司は拭《ぬぐ》った。

「そうですか?」

「ふわっとしてきたよ。度数、けっこう高いのかも」

何度だろう、と言いながら罎《びん》に手を伸ばす。

しかしこよみもまた、同時に手を伸ばしていた。罎の上で、二人の手が重なった。

森司ははっとこよみを見た。

しかし、お互い手は動かさなかった。触れたままだ。

こよみは無表情だった。いや正確に言えば、無表情のまま固まっていた。森司を見つめた姿勢のまま、凝固している。

「こ、……こ、こよ」

森司の舌がもつれた。

どっと、さらに汗が噴きだす。血圧と体温が急上昇するのがわかった。

「こよみ、ちゃ――」

脳がめまぐるしく回転した。

いままでの記憶が、走馬灯のように駆けめぐる。

はじめて会ったときの彼女。桜の下の彼女。銀杏《いちょう》並木の彼女。大学祭の彼女。何度か、一緒に冬を過ごした。春も夏も過ごした。クリスマスイヴをともにした。キャンピングカーで旅行に出かけた。吊《つ》り橋の里にも行った。百物語の会を開催した。菜の花畑を見た。そして先日は、温泉旅館にみんなで泊まった。

——いや待てよ。

温泉旅館。その前に、なにかあったような。

ああそうだ、黒沼家の分家があるという村に、みんなで向かって——それで。

「うあぁっ」

森司は弾《はじ》かれたように叫んだ。

勝手に体が反りかえり、跳ねる。こみあげる衝撃と羞恥《しゅうち》が、一気に首から上へ血をのぼらせる。

なんてことだ、と思った。

——なんてことだ、思いだしてしまったぞ。

あの村に藍さんの運転で向かう道中、おれはこよみちゃんの膝《ひざ》に頭をのせていた。それだけでも充分な暴挙だというのに、あまつさえおれは彼女の腹部や胸部に、こきたないこの顔面を埋《うず》めるという狼藉《ろうぜき》を——。

「先輩？」

いぶかしげにこよみが覗《のぞ》きこんでくる。黒曜石の瞳《ひとみ》が、彼を射貫《いぬ》く。

「な、なんでもない」

森司は大きく身を引いた。

「なんでもないが、ただ」

呂律《ろれつ》がまわらなかった。舌が干上がる。ひとりでに喉仏《のどぼとけ》が上下する。

「きき、急に思いだしたんだ。落合益弘《おちあいますひろ》さんを追いかける車内で、おれはもしかしたら、き、きみの体にその、もたれかかって……」

こよみはやはり無表情だった。

だが次の瞬間。

その顔が爆発した――ように見えた。

「灘あぁーッ!!」

森司は絶叫した。

「だだだ、大丈夫か灘!」

立ちあがり、森司はテーブルを迂回《うかい》して彼女に駆け寄った。

「……お、お見苦しいところを。でも大丈夫です。平気です」

「いや、頭頂部からぷすぷす煙が出てるぞ。というか出ているように見える。おれの気のせいだろうか」

「気のせいです。先輩の錯覚です」

「そうかもしれないが、心配だ。どうしよう」

その刹那《せつな》、天の助けがあった。ＬＩＮＥの着信音だ。藍からであった。

森司は携帯電話を鷲摑《わしづか》みにした。そしてＬＩＮＥでなく、アプリで藍の電話番号を呼びだした。

「藍さん、助けてください！」

悲愴《ひそう》な声で叫ぶ。

「な、灘が、灘が大変なんです。お願いします。いますぐ来てぇ！」

8

約二十分後。駆けつけた藍から、森司たちは説教を受けていた。

「きみたちね。成人してるんだから、ちょっとは落ちつきなさい」

狭いワンルームアパートに泉水と桑山があぐらをかき、その横で藍は腰に手を当てての仁王立ちである。

「こんな夜ふけに大騒ぎするんじゃないの。ご近所さんが迷惑するでしょう。例の記憶が戻って驚いたにしても、もっと静かに驚きなさい」

「ごもっともです……」

「返す言葉もございません……」

藍の正面で、こよみと森司は身を縮めて正座していた。

「まあまあ、藍ちゃん。そんなに怒らないでやって」

桑山が飲み残しのシャンパンを勝手に飲みつつ、手を振って取りなす。

「八神くんはテンパっちゃっただけだよ。悪気はないんだ。──しっかしきみたち、すこし会わない間に、ずいぶん仲が発展したなあ」

にっこりと彼は問うた。

「で、いつから付き合ってんの？」

「はい？」

森司が目をぱちくりさせる。

「いや付き合ってんでしょ？　そうじゃなきゃ男の部屋に、女の子が一人でメシ食いに来るわけないじゃん。ましてや灘さんみたいなタイプが……」

「タモっちゃん、よけいなこと言わない！」

藍がぴしゃりとさえぎった。

説教モードをそこで解除することに決めたらしく、彼女はふうと息をついた。森司の肩に、そっと手を置く。

「……大丈夫よ八神くん。近所迷惑はいけないけど、そこは大丈夫。付き合ってなくても、若い男女が二人で食事することはあり得ます。だから変に意識したり、ぎこちなくなったりして、事態をこれ以上ややこしくしないで。きみたちはそのまま、自分のペースで進んでいけばいい。お姉さんが言うんだから確かです」

「あ、ありがとうお姉さん」

森司は両掌《りょうて》を合わせ、目を潤ませて藍を見上げた。

「お姉さん大好き。一生付いていきます」

「一生はやめて」

藍はつれなく言うと、

「それより、タモっちゃん」

と桑山に向きなおった。

「さっきの話、八神くんとこよみちゃんにも聞かせたげてよ」

「おお、そうだった」

桑山はグラスを置き、あぐらから立膝《たてひざ》に体勢を変えた。

「例の名刺の主こと嶋尚平さんは、いまも企画第四課にいるんだ。役職は、えーと、主任になったんだっけな。そして現在、社内じゃ〝ときの人〟扱いだ。黒沼から連絡が来たときは、あまりのタイムリーさに感動しちまった」

と親指で泉水を示す。

「なんで〝ときの人〟なんです？」

食べきれなかったデザートを先輩たちに差しだし、森司は訊《き》いた。

桑山がエクレアをつまんで、

「おれは現場を見ちゃいないんだがな。――企画会議中に、錯乱したらしい」

肩をすくめた。

「『女の子が窓から覗いてる。真っ黒い影になって、おれを睨《にら》んでる』と突然騒ぎだし、泡を噴いてぶっ倒れた。それだけなら熱があったとかなんとか、言いわけも利いただろう。だがどうも前科があったようなんだ」

「前科？」

「女の子に、けしからんことをした前科さ」

桑山はふたたびグラスをぐっと呷《あお》った。

「タモっちゃんが聞いた話じゃ、嶋ってやつは常習犯だったの」

藍が説明のつづきを引きとる。

「たとえば取引先に、単身赴任で妻子と離れて住んでる営業さんがいるとするでしょ？　その人に『こっちで女の子集めますし、バーベキューでもしましょう。全員独身だってことにします。ちゃんと口裏合わせます』とかなんとか言って、出会いの場をセッティングするわけ。で、営業さんが気に入った子がいたら、その場の全員で盛りあげて、カップル成立させて……」

「だまして不倫関係に持ちこむ、と？」

森司は眉根《まゆね》を寄せた。

「ひどいじゃないですか。要するに、なにも知らない女性を接待の道具にしてるんでしょ？　それって詐欺罪に当たるんじゃ？」

「まあ、犯罪すれすれだな」

黙っていた泉水がぼそりと言った。

「女衒《ぜげん》よりタチが悪《わ》りい」

桑山は苛立《いらだ》たしげに髪を掻《か》きまわして、

「たぶん女性側が本気で訴えりゃ、勝てるんだと思う。でもやっぱ、たいていは泣き寝入りしちまうんだ。気持ちはわかるよ。だまされたなんて恥ずかしいし、自分が被害者だと思いたくないもんな。この手の話に〝自己責任〟なんて言葉を投げてくるやつも、世の中には多いしさ」

盛大なため息をついた。

「じつは嶋さんの前科ってのは……その、あんま言いたくないけど、内部のことなんだ。おれがいる開発部の先輩が、被害に遭ったらしくて」

桑山はがりがりと頭皮を掻いた。

「気分悪りい話だよ。その手の男って、恋愛に免疫のないうぶな子が好きなのさ。大学時代はしゃかりきに勉強して、社会人になってやっと余裕ができたような子」

ああ、と森司は内心で納得した。

大学でなく専門職学校卒とはいえ、綾芽もきっとそのタイプだったろう。

目に浮かぶようだった。擦れておらず、根っこに性善説が染みついた女性。十二分に賢いが、知人の紹介なら無邪気に信じてしまう女性――。

「ほら、開発部って全員理系だし、男も女も〝大学生活？　研究室と自宅の往復で終えましたがなにか？〟みたいなタイプが多いからさ……。ま、あとは言わなくてもわかるだろ」

かの女性は桑山の五年先輩だった。そして嶋尚平に誘われて参加した合コンで、まんまと既婚者の男に目を付けられた。

その後の彼女は、綾芽とほぼ同じコースをたどった。ことあるごとに結婚をちらつかされながら数年付き合い、ある日唐突に「じつは既婚者だ」と知らされた。

ただし異なる部分もあった。

桑山の先輩は、己の被害を精密なデータにまとめ、上司に報告したのだ。その上司とは開発部第三課の課長で、不正をなにより憎む女性であった。

「男女比が九：一なぶん、開発部は女性社員同士の結束が固いんだ。一人になにかあると、あっという間に広まるんだな。この場合は内容が内容で、しかも課長経由だったから……」

「女衒野郎にとっては、最悪の事態ですね」と森司。

「ああ。当然かなりの騒ぎになったらしい。当時おれは入社してなかったけど、〝来春には左遷間違いなし〟ってな空気になったと聞いてる。だが蓋《ふた》を開けてみたら、嶋さんは左遷どころか、なーんもお咎《とが》めなしだった。花の企画部に残留で、訓告処分さえなかった」

「大人の事情がはたらいた、ってわけか」と泉水。

「そういうこと」

桑山は忌ま忌ましげにうなずいた。

「むろん、開発第三課長は激怒する。くだんの女性社員はいづらくなって辞めちまう。開発部と企画部の仲は険悪に——と、結果はさんざんだった。そうなりゃ、巻きこまれた社員たちだって面白くないわな。嶋さんへの反感が水面下でじわじわ溜《た》まった頃に、今回の錯乱騒ぎが起こったたって流れさ」

「今度こそ処分できる、絶好の口実ですね」

森司は合いの手を入れた。

「ああ。ツラの皮の厚い嶋さんも、さすがにめげたらしい。いまは休職中だよ。僻地《へきち》に左遷もあり得る、ともっぱらの噂だ」

「でね。タモっちゃんは、その嶋さんとLINEでつながってるの」

藍が桑山を親指でさした。

桑山が苦笑して、

「部署をまたいでの飲み会があったんで、そんときにだよ。ノリで交換しただけだ。べつに親しいわけでもなんでもない。とはいえ一応つながってんのは確かだから、元気づけるふりして〝釣って〟みるかと、藍ちゃんと企《たくら》んでたとこ」

「釣って、とは？」

森司はきょとんとした。桑山が手を振る。

「女の子の画像を送って『ぱーっと合コンでもどうです』なんて誘えば、のこのこ来るんじゃねえかな、と思ったのさ。その計画を練ってたとこに、八神くんからヘルプコールが鳴ったわけ」

「そ、それはすみません」

とんだお邪魔を——と森司は頭を下げた。だがすぐに顔を戻し、

「とはいえ、その計画はどうかと思います」と言った。

「女の子の画像って、まさか藍さんや灘のじゃないですよね。そんなよからぬ輩《やから》に送って、画像を悪用されたらどうするんです」

「いやいや、そこは大丈夫」

桑山が笑って手を振った。

「AIで適当に作った架空の女の子だよ、ほら」

「AI？　……あ、可愛いな」

「ほんとだ。可愛いですね」

森司とこよみは、桑山のスマートフォンを覗《のぞ》きこんだ。

AI生成画像だけあって生気はないが、確かに美女が表示されている。彼女にしたいかはともかく、合コンの名目で釣るなら十二分な餌に見えた。

「でも誘いだせたとしても、その後どうするかですね」

こよみが言う。

「その嶋さんは、わたしたち学生を対等に相手するタイプじゃないですよ。どううまく誘導したって、懺悔《ざんげ》させるまでにそうとうな時間がかかります。相川さんみたいに、自主的に来てくれた方とはわけが違います」

「それはそうだ」

桑山が腕組みして考えこんだ。

「じゃあどうする？　なにかいい手はあるかな。もちろん暴力と犯罪以外で」

「ちょっと変則的ですが、こんなのはどうでしょう」

こよみが人差し指を立て、

「――嶋さんの年代なら、きっとテレビで観てたと思うんです」と言った。

9

翌日の午後六時きっかりに、嶋尚平は休業中の『ＫＵＫＫＡ』にあらわれた。

こよみの案が採用された結果、

「あのときのことを謝りたい」

と、まんまと嶋から綾芽に連絡があったのだ。綾芽は答えた。

「マンションに来られるのは困ります。でも店でならかまいません」

こよみが「変則的ですが」と出した案はこうだ。

「男性同士が結束し、よってたかって世間知らずの女性をだます。いわゆるホモソーシャルですよね。統計によればホモソーシャルにハマる男性は、権威および名声に弱い傾向があるそうです。つまり、有名人にころっといくんです」

　こよみのアイディアは、ただちに黒沼部長に伝達された。

「面白い。いいんじゃない」

　部長は一も二もなく賛成した。

「もちろんあちらさまが引き受けてくれれば、の話だけど。ぼくも、連絡できる口実ができて嬉《うれ》しいなあ」

〝あちらさま〟とは『水晶の飾り窓』事件でかかわった、如月妃映《きさらぎきえ》こと蒔苗紀枝《まきなえきえ》である。かつてテレビを中心に活躍した、元タレント占い師だ。

　桑山が嶋に連絡を取り、

「まだ黒い影とやらが見えるんですか？　じつは親戚《しんせき》の友人の近所に、あの如月妃映が住んでるんです。よかったら紹介してもらいましょうか？」

　と持ちかけると、嶋は即座に飛びついた。

「如月妃映？　昔テレビで観てたよ！　是非紹介してくれ。金なら払うから、御祓《おはら》いでもなんでもしてって伝えてくれ！」

　一方の紀枝も、部長の頼みをこころよく引き受けた。

　しかし嶋に、彼女を直接会わせるのはさすがに気がひけた。結果、嶋と紀枝にはオンライン会議アプリで話してもらうと決まった。

紀枝は往年の〝占い師仕様メイク〟をほどこし、精いっぱいそれらしく見える衣装を着こんで、モニタ越しに嶋へ語りかけた。

「弘法《こうぼう》大師ゆかりの霊場を八十八箇所まわる、巡礼の旅をおすすめします」

「は、八十八箇所……？」

「いわゆるお遍路さんですね。ですが現代は、さいわい通信環境が発達しています。巡礼の旅が無理なら、いままでの被害者たちに連絡を取り、謝罪してまわるのがいいでしょう。許しを得て、濁った怨念《おんねん》を消すこと。それが一番の早道です。一刻も早く対処せねば遺恨が深く根を張り、あなたの子々孫々にまで祟《たた》ります」

みるみる嶋の顔が引き攣《つ》っていく。

最後に紀枝は、しれっと付けくわえた。

「順番は……そうですね。五十音順がいいでしょう」


というわけで現在、がらんと人気《ひとけ》のない『KUKKA』では嶋と綾芽が向きあっている。窓際でも通路側でもない、フロア中央のテーブルだ。

部長、森司、泉水、こよみの四人は事務所で待機である。

部長とこよみは、ドアの裏側にぴたりと張りついた。泉水と森司は不測の事態に備え、すぐ飛びだせるよう膝立《ひざだ》ちの姿勢をとった。

店内の空調は、よく利いていた。

しかし嶋は早くも汗びっしょりだった。向かいに座る綾芽の顔が見られないらしく、うつむいて膝で拳《こぶし》を握っている。

「相川ちゃ――さん。あ、あのときは、じつに申しわけないことを」

「須東さんとは、どういうご関係なんです？」

謝罪をさえぎって綾芽が問う。

「わたしに彼を紹介したときは『高校時代の友人』とおっしゃってましたよね。それはほんとうだったんですか？」

「ああ、いや……」

嶋は額を手の甲で拭《ぬぐ》って、

「……ごめん、嘘だ」と呻《うめ》いた。

そこから嶋は、一気呵成《かせい》に打ちあけた。

須東とは社会人になってから知りあったこと。須東が勤める『モリヅノ』とは合同プロジェクトが多く、営業部に知人がいると企画が通りやすかったこと。お互い利害関係が成り立つ既婚男性五人で、協力しあっていたこと等々を。

「中の一人が単身赴任になったとき、『寂しい、寂しい』ってうるさくてさ。女の子を融通してあげたのがはじまりなんだ」

「融通って……。要するにその女性を、五人全員でだましたんですよね？『仕事仕事でいままで女っ気がなかったんだ。いいやつだよ。よかったら遊んであげて』なんて言って」

「いやその、いま思えば、悪いことをしたよ。反省してる。でもそのときは、あまり深く考えてなかったんだ」

嶋はぼそぼそと言った。

「出会い系アプリを使おうと思ったこともある。でもどんな子が来るかわからないし、美人局《つつもたせ》とか性病とか、リスク大きいじゃんか。だから実際にある程度知ってる、信用できる子のほうがいいなって」

「こいつは訴えないだろう、という意味での〝信用〟ですよね？　おとなしくて擦れてない、泣き寝入りしそうな子をターゲットにしたんですね？」

「いや、まあ、うーん……」

そこまではっきり言わなくても、と嶋が口ごもる。

「嶋さん自身も、同じやりかたで遊んだんですか？　須東さんたちに『独身だ』と口裏を合わせてもらって、なにも知らない若い女の子をもてあそんだんですか」

「もてあそんだとか言われるとあれだけど、うん、恋愛はしたね」

「恋愛って！　不倫でしょう？　嶋さん、結婚してますよね」

「結婚したって恋愛はしたくなるんだよ。妻ってのは、ほら、家族であって、もう恋愛対象じゃないからさ」

事務所で聞いていた森司は「駄目だこりゃ」と呆《あき》れた。

謝罪しに来たのか、綾芽をよけい怒らせに来たのかわからない。話せば話すほどボロが出る。本心では悪いと思っていないのが、いやでも伝わってくる。

綾芽はため息をついて、

「……もういいです。それより嶋さんが見るという〝影〟について教えてください」

「ああ、その話か」

嶋の顔が目に見えて歪《ゆが》む。

綾芽は彼の逡巡《しゅんじゅん》を無視して訊《き》いた。

「いつから〝影〟はあらわれるようになったんです？」

「わからない。でも『ああいるな』と確信に変わったのは、年末くらいだ。最初は幻覚か、目の錯覚だろうと思ってた。でもぼんやりしてたのが、だんだんはっきり見えるようになって……無視できなくなった」

「どんなときに出るんですか」

「会社にいるときが多いかな。時間帯は関係なしだ。自宅では、風呂場《ふろば》とか玄関先とかでよく見る。女房と子どもには見えないようで、怯《おび》えてるのはおれだけだよ」

「正体に心当たりは？」

「あー……」

嶋は天井を仰いで、「ないわけじゃ、ない」苦しげに言った。

「あるってことですね。誰なんです？」

「おれが、そのう……、数年前に、須東さんに紹介した子だと思う」

歯切れ悪く言い、嶋はうつむいた。

綾芽の眉《まゆ》がぴりっと吊《つ》りあがる。

「つまり、わたしと同じ境遇の人ですか」

「そういじめないでくれよ」

「呆れた。どの口でそれを言います？」

冷たく綾芽は突きはなして、

「その女性と須東さんは、どれくらいの間お付き合いしたんです？」と訊いた。

「三年半くらいかな」

観念したように嶋は答えた。

「紹介したときは、女の子はまだ学生だった。ぶっちゃけ、三年以上つづいてるなんて知らなかったんだ。須東さんは他の子とも遊んでたし、その子は卒業して社会人になってたから、てっきりもう切れたとばかり」

「では二十歳くらいから二十三、四歳まで付き合ったんですね。奥さんにはバレなかったんですか？」

「大丈夫だったと思う。ヤバそうなときは、おれたちの間でアリバイを作りあう決まりだったし」

「わたしのときの失敗に懲りて、熟練したわけだ」

綾芽は吐き捨て、

「その彼女はどうなったんです？」

と尋ねた。

嶋は「うう」と唸《うな》って髪を掻《か》きまわし、声を落とした。

「死んだよ。――自殺だ」

室内の空気が、しんと張りつめた。

嶋が顔を上げる。

「でも、悪いのは須東さんだ。おれじゃない。相川ちゃんだって覚えてるだろ。須東さんの奥さん、不妊治療してたじゃんか。須東さん本人もまわりも、あの人は種なしだと思いこんでたんだ。なのに、その子が」

「……妊娠したんですね」

綾芽は平たい声で言った。

大きく嶋がうなずく。

「そうだ。『妊娠した』と告げられて、須東さん、パニクっちまった。その場で『じつは結婚してる』と白状して、『堕胎してもいいが、産むならうちに養子にくれ。そうでないなら認知しない。妻が不妊治療中なんだ。金は言い値で払う。シングルマザーはつらいぞ。そのまま産むなら、おれは絶対に認知しない。養育費も払わない。今後の人生をよく考えろ』とまくしたてた」

「ひどいことを」

綾芽は顔をしかめていた。

「ああ、ひどいよな。けど須東さんは必死だったんだ。なんだかんだ言っても、愛妻家だったしさ」

「愛妻家？　外で浮気《うわき》を繰りかえしておいて？」

「いやまあ、そう言われたらあれだけどさ。男の心と下半身てのは、なんていうか、別ものだから。心は妻にあっても、下半身は暴れん坊なんだ」

森司は思わず、すぐ横のこよみの横顔をうかがった。

彼女の目は氷のごとく冷ややかだった。嶋を心底軽蔑《けいべつ》しているのが、痛いほど伝わってきた。部長が唇に指を当て、「しっ、こらえて」とささやく。

綾芽は一度深呼吸してから、言葉を継いだ。

「わかりました。あなたが須東さんに紹介した女性が、妊娠して自殺した——と。亡くなったのは、いつのことですか？」

「三箇月前だ。堕胎するか産むか、どうしても選べなかったらしい」

嶋は身を縮めた。

「……反省してるよ。おれは、あの子の葬式に行った。墓参にも行った。墓の前で、手を合わせて謝った。でも駄目なんだ。消えてくれない。それどころか、どんどん〝影〟

が生活に侵蝕《しんしょく》してくる。どうしていいかわからないよ。さすがに家族もあやしんでるけど、女房に全部ぶちまけるわけにも……」

「あなたの悩みはどうでもいいです」

綾芽は一刀両断した。

「それより、須東さんの奥さんが事故で亡くなったことはご存じですね？」

「知ってる。彼女の葬式にも行ったよ」

嶋はいまや脂汗を垂らしていた。綾芽がさらに問う。

「あなたのまわりにあらわれる〝影〟が、須東さんの奥さんなのでは、と疑ったことはないですか？」

「え？　ないよ」

嶋は目を見張った。

「なんで奥さん？　彼女がおれに祟《たた》るはずないじゃないか。おれは奥さんに、なにひとつひどいこと――」

そこまで言って、はっと口をつぐむ。

自殺した女性に〝ひどいこと〟をしたと、ようやく自覚したんだろうか。森司はいぶかった。それとも浮気の幇助《ほうじょ》は奥さんにとって充分〝ひどいこと〟だったと、いま気付いたのか。はたしてどちらだろう。

――両方かもな。

「〝影〟は、須東さんのもとには出ないんでしょうか？」

綾芽が尋ねた。

「正体が自殺した女性であれ奥さんであれ、恨みの本命は彼なのでは？」

「かもしれないが、わからない」

嶋は呻《うめ》いた。

「須東さん、ずっと電話に出ないんだ。会社も休んでいるらしい」

「あなたたちは五人グループなんですよね。他の三人はどうです？」

「彼らにはなにもないよ。被害はおれだけ……いや、須東さんもなのかな。ごめん。あの人のことは、ほんとうにわからないんだ」

悄然《しょうぜん》と肩を落とす嶋を、しばし綾芽は無言で眺めた。

やがて口をひらき、

「自殺した女性の素性を教えてください」

静かに言った。

もごもごと、言いづらそうに嶋は答えた。

――藤倉柑奈《ふじくらかんな》。享年二十四。

いまだウェブに残るSNSアカウントと、生前の勤務先も教えてもらった。綾芽や嶋と同じく、専門職学校の卒業生だという。将来はブーランジェとして独立し、店を持つのが夢だったそうだ。

必要な情報を記録し、綾芽は嶋を帰した。

「まるで知らない人です」

森司たち四人の前で、きっぱり綾芽は言いきった。

右手に持つスマートフォンには、藤倉柑奈が遺《のこ》したSNSアカウントが表示されていた。生前の柑奈の笑顔が溢《あふ》れたアカウントだ。

「須東さんの奥さんに恨まれるなら、まだ話はわかります。でもなぜ藤倉柑奈さんが、わたしに祟るんでしょう」

と言いかけて、

「……もしかして、わたしが須東さんを訴えずに、見のがしたから？」

綾芽は目を見張った。

「あのとき法で罰せられていれば、須東さんは懲りたかもしれない。反省して、女性をだますのをやめたかもしれない。そしたら藤倉さんは、いまも生きていたはず……」

独り言のように言い、黒沼部長を見上げる。

「そういうことなんですか？　わたしは〝したこと〟の結果ではなく、〝しなかったこと〟で恨まれているんでしょうか？」

「落ちついてください、相川さん」

黒沼部長がやんわり制した。

「部長の言うとおりです。落ちつきましょう。どちらにしても相川さんは悪くありません」こよみも追従し、

「それより、見てください。この藤倉さんもきれいな黒髪じゃないですか?」

と話をそらした。

「ほんとだ」森司はうなずいた。

綾芽はプディングからこぼれ出た、みどりの黒髪に怯《おび》えた。その髪の向こうに、須東の細君を幻視した。

しかしSNSに笑顔を遺したこの藤倉柑奈もまた、美しい髪の持ちぬしであった。さらりと肩下まで流れ、陽光を弾《はじ》いて艶めいている。

「妊娠したまま彼女は亡くなった……か」

部長が指を組んだ。

「そういえば『KUKKA』のお客が見た幻は、孵《ふ》化《か》寸前の雛《ひな》などが主でした。胎児や妊娠の暗喩《メタファー》だったとすれば平仄《ひょうそく》は合います。それはそうと相川さん、ぼくが思うにですね……」

彼の言葉は、途中で消えた。

けたたましい破裂音が響いたせいだ。

綾芽が悲鳴を上げた。森司は思わず手を伸ばし、こよみをかばうようにしゃがんだ。

光がきらめきながら散り、目の前を落ちていく。

「大丈夫か」

泉水の声がした。森司はこよみを抱えたまま、顔を上げた。

右腕に部長を、左腕に綾芽を抱えた泉水が見えた。まわりの床に破片が散っている。

さっき眼前で散った光の正体だ。割れて砕けたガラスであった。

森司はあたりを見まわした。

二メートルほど先に、石が転がっていた。ビリヤードの玉ほどもある石だ。誰かが通路から、ガラスの壁めがけて投げつけたらしい。

立ちあがって歩み寄り、そっと石に触れる。

「――これ、霊障じゃないです」

振りかえって森司は言った。

「人間の仕業ですよ。なんの波動も気配もしません」

「だろうね。逃げていく足音が聞こえたもん」

部長が泉水の腕をよいしょ、とどけて嘆息した。

「さっき言いかけたつづきだけど、ぼくは相川さんの車に『呪』と書いたのも人間だと思ってるよ。……さて、この一件もいよいよ大詰めかなあ」

窓の外を見やる。

気づけば外界は、とうに漆黒の夜だった。

10

床いっぱいに散乱したガラス片を、綾芽は箒《ほうき》で掃きあつめた。

危険物専用のゴミ箱に放りこみ、モップでさらに拭《ふ》く。じゃりじゃりする箇所はないか、靴底を滑らせて確かめる。

雪大オカ研の面々は、十分ほど前に店を出た。来たときと同じくフロアを遠まわりし、エスカレータで降りていった。

――疲れちゃったな。

綾芽は箒にもたれ、ふうと息をついた。

ひさしぶりに嶋と会ったせいだ。充分に覚悟して臨んだというのに、想定の倍は消耗した。今夜はきっと、ベッドにもぐった途端に寝入ってしまうだろう。

――最近ずっと眠りが浅かったから、そんな日があってもいいか。

そうひとりごちたとき。

綾芽はぎくりとした。視界の隅から、黒い影がさっと眼前を疾《はし》った。

立ちすくむ。その場に足が縫い止められる。

――影。

登場は予想していた。なのに、つい身がこわばった。反応が一瞬鈍った。

正体を悟ったときは遅かった。

光る鋭い刃が、彼女の喉《のど》もとに突きつけられていた。

「っ、……ゆ――」

綾芽は目を見ひらき、呻いた。

「ゆきまさ、さん……」

須東征正だ。

彼の妻でも、藤倉柑奈でもなかった。綾芽の恋人だった男――いや、恋人だと思っていた男である。嶋の紹介で知り合い、かつては結婚まで考えた相手だった。

まるで別人だ――。綾芽は愕然《がくぜん》とした。

十年前の須東は、スーツが似合う長身の美男子だった。笑うと白い歯がこぼれ、目じりに刻まれる皺《しわ》さえ魅力的だった。

だがいまの彼は、上下ともスウェットだ。胸もとは食べこぼしの染みだらけだった。髪が乱れ、顔の下半分は髭《ひげ》で埋まっている。目は血走って真っ赤だった。どれほど風呂《ふろ》に入っていないのか、汗と垢《あか》とニコチンがぷんと臭った。

「――おまえの、せいだ」

唸《うな》るように須東は言った。

「おまえのせいで、おれの人生はめちゃくちゃだ。どうしてくれんだよ、糞《くそ》アマ。え？どうしてくれるんだよう」

頰にかかる彼の息に、酒気は感じない。だが呂律《ろれつ》がまわっていなかった。目が据わり、酩酊《めいてい》したように舌がもつれている。

――しらふでこれなら、普通の状態じゃない。

綾芽はごくりとつばを吞《の》んだ。胸中で、ゆっくりと三つ数える。

覚悟を決め、彼女は言った。

「わたしじゃないわ。わたしのせいじゃ、ない」

いけなかったのはあなたよ――。

刻みこむように、そう告げた。真正面から須東を睨《にら》みつける。

「あなたの人生をめちゃくちゃにしたのは、あなた自身。人のせいにしないで。あなたに他人を責める資格なんて、これっぽっちもない」

しかしその言葉は、須東には届かなかった。

彼は切り出しナイフを突きつけたまま、

「おまえの、せいだ」

うつろに繰りかえした。

「おれは、終わりだ。おまえが全部、台無しにしやがった。ちくしょう。なんでこんなことになったんだ。こうなるはずじゃ、なかった……」

「わたしのせいじゃない。何度も言わせないで」

綾芽はぴしゃりと制した。

「あなたの奥さんの事故の原因は、知らない。でも藤倉さんの死は、完全にあなたのせい。奥さんだって、あなたの不実にずっと悩まされていたはず。二人ともあなたが殺したようなものよ」

「違う」

須東は首を振った。

「違う」

「なにが違うの」

「女どものことじゃ、ない」

次の瞬間、須東の口が大きく開いた。その口腔《こうこう》は火のように真っ赤だった。彼はつばを飛ばし、喚《わめ》いた。

「おれの子どもだ！」

空気を震わす胴間声だった。

「おまえ、おれの子どもを堕《お》ろしやがったな！」

綾芽の顔いろが、さっと変わった。

裏返った声で須東が怒鳴る。

「知ってるんだぞ、おれは――おれは、妻の死後、あいつの隠しブログを見つけた。スマホのロックを解除したら、履歴に出てきたんだ！」

唇を震わせる綾芽に、須東は詰め寄った。

「妻は十年前、おまえと会った。そのとき、おまえは妻に言ったそうだな。『お腹に赤ちゃんがいる』と。そのときの子はどうしたんだ。妻が何年、不妊治療で苦しんだと思ってる。妻がおまえに祟《たた》るのも当然だ！　ちくしょう、おれの子を殺しやがったな。この糞アマ！」

「堕ろしてなんかいない！」

綾芽は怒鳴りかえした。

もはやナイフの刃は目に入らなかった。刺されてもいい、と思った。怒りで視界が狭まり、赤く染まっていた。

「流産したのよ！」

両目から溢《あふ》れたものが、唇に塩辛く染みた。

「あなたの奥さんと話し合ってから、ずっと、眠れなかった。食事も喉を通らなかった。水を飲んでも吐いてしまった。ある日倒れて、出血して……。どの口で、あなたがわたしを責めるのよ！」

血を吐くような叫びだった。

「みんな、あなたが殺したんじゃない！　奥さんも、藤倉さんも、藤倉さんのお腹の子も、わたしの子も！　あなたのせいでみんな死んだ！　手を下してなくたって、同じことよ。人殺しは、あなたじゃないの！」

「うるせえ！　うるせえ黙れ！」

須東が利き手を振りかぶる。

思わず綾芽は目をつぶった。しかし痛みはやってこなかった。いつまで待っても、刃が振り下ろされる気配はない。

代わりに物音が聞こえた。なにかが倒れたらしい震動。短い悲鳴。

「大丈夫ですか！」

誰かの声がした。

背に体温を感じた。不快なぬくもりではなかった。

そろそろと、彼女はまぶたをひらいた。


「大丈夫ですか！」

森司は羽交い締めするように綾芽を抱え、彼女を須東から引きはなした。

いや、正確に言えば〝須東と泉水から〟だ。須東はいま利き手の関節を固められ、泉水によって床に押し伏せられている。

切り出しナイフは、とうに泉水が叩《たた》き落とした。

こよみはといえば携帯電話で通報中である。「凶器を持った暴漢が乱入しました」「休業中のお店で、店長を襲ったんです」と警察に早口で告げている。

「大丈夫ですか、相川さん」

森司はいま一度問うた。

「え、ええ」

いまだ涙で濡《ぬ》れた目で、綾芽が答える。

森司をはじめとするオカ研一行は、ビルを出てはいなかった。いったん一階まで下りたものの、残飯などを搬出する裏口から入りなおしたのだ。綾芽もむろん承知の上である。須東を油断させるための工作だった。

綾芽が、ゆっくりと部長に目をやる。

「いままでのことは全部、須東さんの仕業だったのね。じゃあうちの店に、いやがらせしていたのも彼だった……？」

「全部ではありません」

部長が首を横に振る。

「相川さんの車のウインドウに『呪』と指で書き、店のガラスに石を投げたのは須東さんです。藤倉さんにあなたの存在を教えたのも彼でしょう。ですが……」

「本家！」

須東を押さえこんだまま、泉水がさえぎった。

森司の視界の隅で、綾芽が息を呑む。部長の口が「あ」のかたちにひらく。

つられて彼の視線を追った森司も、それを肉眼でとらえた。

〝影〟だった。

割れて砕けたガラスの向こうに、それはいた。

影というよりも、靄《もや》に似ていた。何千何万の浮塵子《うんか》が集まってできたような、薄黒く大きな靄のかたまりであった。

――女だ。

森司は確信した。

それは、とうてい人には見えなかった。目鼻はなく、手足もなく、人のかたちをしてすらいなかった。しかし、女だとわかった。そう伝わってくるなにかがあった。

――藤倉、柑奈。

森司はなかば無意識に首を動かした。

顔を向けた先には、綾芽がいた。まともに視線が合った。

その刹那《せつな》、森司は悟った。

綾芽も理解《わか》ったのだ、と。

彼女に霊感はない。だが〝影〟の正体が柑奈であること、そしてその目的を、森司と同時に綾芽も感じとった。

それは理屈ではなかった。電流のように皮膚で悟る感覚だった。

――柑奈は、知っていた。

この店のまわりにいれば、愛する人が――須東が、いずれやって来ることを。

どうやら須東の家や職場に、柑奈は近寄れなかったらしい。おそらく亡くなった細君だろう、と森司は見当を付けた。

柑奈は、細君と相性が悪かった。細君の気配が残る場所に、強引に入れるほど柑奈は強くなかった。ある意味それは、結界と言ってよかった。

一方、このビルにはエレベータに〝入り口〟があった。柑奈が入ってきやすい場所だった。

――だが、あえて柑奈は店に入らなかった。

柑奈は狙っていたのだ。綾芽の店の悪評を撒《ま》くことで、須東の勘違いを狙った。死んだ細君が綾芽を恨み、祟っていると思いこませた。そして、さらに待った。

――すべては、須東をおびき寄せるための餌だった。

須東にだまされたと知った瞬間、綾芽は彼に幻滅した。愛情はすぐに消えた。

だが柑奈は違った。

悪い男だとわかっても、それでもなお、彼が欲しかった。彼が欲しくて、欲しくて欲しくて欲しくて、この世にとどまりつづけた。

黒沼部長の言葉が、耳の奥でよみがえる。

――人の妄執が魔に変わることは、間々ありますからね。

黒い影が、浮塵子のごとくたゆたっている。

室内の温度がぐっと冷えるのを、森司は感じた。二の腕に鳥肌が立つ。背すじが、怯《おび》えで凍った。

綾芽の唇が、わななきながらひらくのを森司は見た。双眸《そうぼう》は〝影〟を、柑奈を見つめていた。

呻《うめ》くように、綾芽は言った。

「はなして、ください」

視線とは裏腹に、泉水に向けた言葉だった。いまだ須東を、床で取り押さえている泉水にだ。

「須東さんを、はなしてあげてください。……いえ、お願いだから、離れて」

そうして綾芽は言った。

「あげる――」と。

今度こそ、柑奈に向けられた言葉だった。

泉水がぎょっと瞠目《どうもく》する。彼が須東をはなして立ちあがるのを、森司は唖然《あぜん》と見守った。

須東は床にうつぶせたままだ。まだ痛みに唸《うな》っている。

綾芽は彼を指さした。

「――あげるわ。安心して。わたしはいらない」

柑奈に向かって微笑む。

「その人、あなたに全部あげる」

ざわり、と空気が揺れた。

森司は咄嗟《とっさ》にこよみの腕を摑《つか》み、引き寄せた。頭はほぼ真っ白だった。だがこれから起こることはわかっていた。こよみに、見せたくなかった。

黒い影が、ざわざわと震えだす。

歓喜の震えだった。波動が伝わってきた。森司は目を閉じ、意図的に感覚を遮断しようとした。しかし遅かった。

ぬるり、と影が店に入ってきた。

柑奈は喜んでいた。喜んで、悦《よろこ》んで、歓《よろこ》んでいた。彼女が待ちに待った瞬間であった。須東が彼女のもの、彼女だけのものになるときが、ついにやって来たのだ。

ひっ、と須東の喉《のど》が鳴った。

「泉水、さん」

こよみを抱えたまま、森司は目を開けて泉水を見やった。

部長を背にかばった彼が、首を横に振る。

「無理だ」

浮塵子に須東が包まれつつある。床に腹這《はらば》いのまま、須東は襲いくる影の粒子を「ひっ、ひぃっ」と手で払おうとしていた。だが無駄だった。

みるみる彼が、黒い靄に覆われていく。見えなくなる。

「いずみ、さ——……」

「無理だ」

泉水が繰りかえした。

「おれたちにはなにもできん。テリトリーの主《あるじ》である相川綾芽が、自分の権利を知った上で許可した。おれたちには、くつがえす力も資格もない」

――魔は許可を求める。

そうだ、つい先日、部長は確かにそう言った。

そして綾芽は「あげる」と、はっきり柑奈に向かって告げた。

――あれ以上の〝許可〟はあるまい。

全身の皮膚が、一気にぞわっと粟立《あわだ》った。

この店がある区画は、霊場ではない。しかし綾芽のテリトリーだ。彼女が所有する領域だ。すべてを承知の上で、綾芽は魔に許可を与えた。

わたしの場所で、この男をおまえの好きにしてよい――、と。

いまや須東は、完全に靄に覆われていた。

何十万、何百万もの黒い虫にたかられているかに見えた。表面がもぞもぞ、もぞもぞと蠢《うごめ》いている。身の毛がよだつ眺めだった。

須東の声が、すこしずつちいさくなっていく。

森司は耐えきれず、顔をそむけた。

なぜこんなに静かなんだ――。奥歯を嚙《か》みしめ、彼はいぶかった。

この店は休みだ。しかしほかのテナントは営業中のはずだ。どうして客の会話や歓声が響いてきて、須東の悲鳴を薄れさせてくれないんだ、と。

柑奈の歓喜が、店内に満ちる。

その喜色は真冬の夜気を震わせ、反響し、いつ果てるともなくつづいた。

11

今月中に店を再開できそうです――。

そう書かれたカード付きで、『KUKKA』から美しいギフトボックスが部室に届いたのは、二日後のことだ。

ボックスの中身は、チョコレートの詰め合わせだった。

色とりどりのマカロン、トリュフチョコ、ボンボン、フルーツバーなどが整然と並べられ、さながら宝石箱の様相である。

「わー美味《おい》しそう。マカロンもらっていい？」

藍が手を伸ばした。

「そしたらおれは、このホワイトチョコのを」

と、鈴木もリーフ形のチョコレートをつまむ。

藍と鈴木は、部長から「解決したよ」としか聞かされていない。「『KUKKA』が今後、悪評に悩まされることはないだろう」と説明され、とくに疑うことなく納得している。

現在、オカ研の部室には森司、藍、鈴木、そして泉水がいた。

室内は暖房でほどよく暖まり、床の隅では加湿器がしゅんしゅんと勤勉に霧を吐いている。

「……泉水さん」

森司は横の先輩にささやいた。

「嶋尚平は、どうなったんですか？」

「桑山の話じゃ、謝罪行脚をつづけているそうだ」

泉水が答える。

「門前払いを食わされたり、通報されたりとさんざんらしいがな。だがまあ、いい薬と言えばいい薬だろう」

「で、須東征正は……？」

森司はさらに声を低めた。

「これも桑山からの又聞きだが、一応、無事ではいるらしい」

泉水の眉間《みけん》には深い皺《しわ》が寄っていた。

「会社にも出社しはじめたようだ。……こう言っちゃなんだが、死ぬことはまずあり得んから、そこは心配しなくていい」

答えつつも、泉水の口調は苦りきっていた。

「寄生虫は、宿主を殺さねえだろ。理屈はそれと同じだ。藤倉柑奈には、やつを祟《たた》り殺す気なぞこれっぽっちもない。むしろ肉体は長持ちさせたいだろうよ。彼女の目的は〝須東とできるだけ長く一緒にいること〟なんだからな」

「でも肉体は保てたって、精神のほうが」

「まあ性格は大きく変わるだろうな。体のほうも、かろうじて生きてるってだけだ。『体調がいい』とはお世辞にも言えまい」

「そ、それでいいんでしょうか」

「いいも悪いもねえ」

泉水はかぶりを振った。

「何度も言うが、おれたちにはなにもできん。その力がねえんだ。彼女たちの選択を、高みから裁く権利もない」

「それは――」

森司は口ごもってから、

「……はい、確かにそうですね」と首肯した。

確かに自分たちには、綾芽と柑奈の心を裁く権利などない。そんな立場でもなければ、資格もなかった。

次いで、ふと思った。

――黒沼部長は、最初からわかっていたのだろうか。

すべてわかった上で、「魔は許可を得て云々《うんぬん》」の話を綾芽にしたのだろうか。

綾芽はあのとき、力とテリトリーの関係を理解していた。理解した上で発した「あげる」の言葉だからこそ、魔に対し効力があった。

――すべての結末を見越して、部長は彼女に語ったんだろうか？

まさかな。森司は苦笑した。

いくら聡明《そうめい》な黒沼部長でも、あの時点で未来は読めまい。邪推が過ぎる、というやつだ。悪いほうにとらえすぎだ。

ギフトボックスから、森司は花びら形のチョコレートをつまんだ。ウイスキーのチョコレートボンボンだ。前歯で嚙み割る。

とろりと濃いアルコールが流れだし、舌に染みた。

美味だった。と同時に、なんとも言えず苦かった。

第二話　あなたのマグネット

1

二月の風は冷たい。どんなに厚いコートを着込み、手袋をし、マフラーやスヌードで鼻の上まで覆っても、身がすくむほど冷たい。

雪まじりの風が吹きすさぶ中、森司は大股《おおまた》の早足で中庭を突っ切っていた。秋と比べて約一・三倍の歩幅である。いまは一秒でも早く、手近な学部棟に入りたかった。

重いガラス扉を肩で押し開け、ふうとひと息つく。

髪とコートに付いた雪を払い、マットで靴底を擦《こす》る。

「あー、さぶかった……」

つぶやいてから、森司は数メートル先に目を留めた。

上階へつづく階段の脇には、自動販売機が二台設置されている。ひとつはコーヒー、もうひとつは炭酸飲料やお茶の販売機だ。横には空き容器専用のゴミ箱、そしてベンチがある。

そのベンチに、もこもこと着ぶくれした女子学生が座っていた。

テディベアのような茶のダッフルコートに、ムートンブーツ。ショートカットの襟足が、芥子《からし》いろのマフラーに巻きこまれている。

——こよみちゃん。

存在しないはずの、森司のしっぽが持ちあがった。

見えない尾を振りつつ、精いっぱい平静を装ってこよみに近づく。

こよみは携帯電話の液晶画面に見入っていた。真剣そのものの瞳《ひとみ》だ。彼女を驚かせぬよう、あと数歩という距離から森司は声をかけた。

「灘」

「あ、八神先輩」

こよみが顔を上げた。

ずれたマフラーからあらわれたその唇は、なぜか笑っていた。いや正確には緩んでいた。こらえきれぬ笑み、といったふうだ。〝にこにこ〟と〝にまにま〟の中間に見えた。

「ど、どうした?」

問いながら、森司はこよみの真正面に立った。

こよみが携帯電話をすっと彼に向ける。

「これです」

森司は背をかがめ、差しだされた液晶を覗《のぞ》きこんだ。

ネットニュースの記事であった。見出しは『特殊詐欺を防いだ女性に感謝状』。警察署長らしき男性と、賞状を持つ女性の画像が表示されている。

「藍さん⁉」

「はい。藍さんです」

こよみが深くうなずく。森司は彼女の手から携帯電話を受けとり、あらためて記事を読んだ。

『特殊詐欺による送金を思いとどまらせ、被害を未然に防いだとして、警察署から三田村藍さん（23歳・会社員）に感謝状が贈られました。

三田村さんは12月11日午後6時ごろ、銀行のATMで振り込みをしようとしていた80代女性の様子を不審に思い、説得ののち、ATM備え付けのオートフォンで行員に連絡を……』

「藍さんだ。間違いなく藍さんだな」

森司は携帯電話を返し、こよみの隣に座った。

「十二月ってことは、二箇月も前じゃんか。いま頃になって表彰されるもんなのか。ていうか初耳だ。特殊詐欺を防いだのも、表彰されたのもはじめて知った」

「藍さんには人助けなんて日常茶飯事ですから。いちいち言うほどのことじゃないんでしょう」

そう答えるこよみの口もとは、やはり緩んでいた。

「誇らしくて嬉《うれ》しいですが、ちょっぴり複雑です。わたしたちの藍さんが世に知られてしまったのが――変な話ですが、どこか寂しいというか」

「わかる」

森司は深ぶかとうなずいた。

「おれたちの藍さんなのにな」

「そうなんです」

わかってくれますか、とこよみが目を輝かせた。

「もちろんすべてのニュースをスクショしてUSBとクラウドに保存しましたし、プリントしましたし、両親と親戚《しんせき》にも自慢しました。表彰は当然ですし、むしろもっともっと藍さんを讃《たた》えてほしいくらいです。でも反面、世間についに存在を知られたか……とも思ってしまうんです」

「わかる」

森司はさらに深くうなずいた。

「おれたちだけの藍さんなのにな」

「そうなんです」

こよみが胸の前で指を組みあわせる。

「こんなふうに思うのはいけませんが、でも、心配じゃないですか。ネットのニュースなんて不特定多数が見るわけですし、よからぬ輩《やから》が藍さんの美貌《びぼう》に目を付けるかもしれません。いえ、付けないわけがないと思うんです」

「だよな。こんな雑なピンボケ写真ですら、藍さんの荒ぶる好感度を隠せていない」

森司は唸《うな》った。

「悪い虫がたかってしまうかもしれん。心配だ」

「ですよね。善良な男性がひそかに想うならいいんですが、もしストーカー騒ぎにでも発展したらと不安で」

こよみが苦悩の表情を強める。

「ここだけの話ですが、わたし、藍さんに釣り合う男性って——たとえばモナコ公国の皇太子とか、アラブの石油王とか、ワカンダの王族とか、そのくらいハイクラスな人じゃなきゃ無理だと思うんです」

「わかる」

森司は顎《あご》が胸につくほど首肯した。

「そんじょそこらの男に藍さんは渡せない。おれたちの藍さんだもんな」

「ですよね。八神先輩ならわかってくれると信じてました」

「もしストーカーなんか湧いたら、おれたちで守らなきゃな」

「そのとおりです」

心を熱く通いあわせ、いまや手を取りあわんばかりの二人に、

「うるせえぞ、おまえら」

苦にがしい声が高みから降ってきた。

「血迷ったことを廊下で喚《わめ》くな。恥ずかしい」

泉水であった。図書館から出てきたのか、農業土木学のぶ厚い専門書を小脇に抱えている。そのななめ後ろでは、やはり図書館帰りらしい鈴木がコピーの束を手に苦笑していた。

「え、どこかおかしいですか？」

心底意味不明、といったふうにこよみが問いかえす。

「なにも間違ったことは言っていませんが」

「わかった。おまえはもういい」

泉水は早々にこよみを見はなし、森司を振りかえった。

「八神、おまえもおまえだぞ。こよみの言うことだからって全肯定するな」

「なぜですか」

森司はきょとんと尋ねかえした。

「灘の主張は、つねに百パーセント正しいですよ？」

「……おれはストーカーより、おまえらが将来築く家庭のほうが心配だ」

「まあまあ、みなさん落ちついて」

鈴木が割って入り、一同をなだめた。

「泉水さん、こないなとこで言いあってたらよけい注目を浴びます。灘さん、おれも記事は保存してプリントしました。八神さん、部室に当の藍《はる》さんが来てはります。さあ部室に戻りましょう。さぶい廊下で風邪ひいてまう前に、早よう早よう」

2

鈴木のスムーズな誘導により部室へ向かうと、藍は確かに先に着いていた。コンビニの唐揚げ弁当をテーブルに広げ、部長の向かいで遅いランチを取っている。

「藍さん！　記事見ました」

こよみがいち早く駆け寄った。

右手で箸《はし》をかまえたまま、藍が左手を激しく振る。

「やめてやめて。今日は朝からそればっか言われるの。べつにたいしたことじゃないのにさ、恥ずかしい」

「恥ずかしくなんかありません。藍さんは犯罪を未然に防いだんです」

「そうですよ。立派なおこないです。後輩として誇らしい」

目をきらきらさせる森司とこよみを、

「もー、いいから」

と藍はいま一度制し、部長に向きなおった。

「で、さっきのつづきだけどさ、いまの特殊詐欺ってほんと手を替え品を替えーらしいの。警察官を騙《かた》ったり、銀行員のふりしたり、融資や宝くじを勧めたり、はたまた電子マネーカード買わせたり……」

「アイディアマンだよねえ。末端の受け子や出し子はともかく、上層には優秀なブレーンがいるんだろうとある意味感心するよ」

黒沼部長はココアをぐびりと飲んだ。

「ちなみに藍くんが防いだ詐欺は、どんな手口だったの？」

「わりと古典的だった。いわゆる〝おれおれ詐欺〟ってやつね」

藍は腹立たしげに柴漬《しばづ》けを嚙《か》みくだいて、

「でも下調べはきっちりしてたみたい。被害に遭いかけたそのおばあさんはね、家庭の事情で長らく会えずにいた孫と、一昨年《おととし》再会してたの。さらに孫は夜勤ありの仕事に就いていて、過去に居眠り運転で事故ってるのね。で、その孫を名のる男から『ばあちゃん、また事故を起こした』と電話があったわけ」

藍はため息をついた。

「『今度こそ会社をくびになる。せっかく地元で就職できたのに、示談金を払わなきゃ、またばあちゃんに会えなくなる』。そう電話口で泣かれて、慌てて銀行に来たって言ってたわ。あたしが止めても止めても、『孫が、でも孫が』って、目を真っ赤にして首を振るの」

白髪頭の、ちっちゃなおばあさんなのよ——。そう言って顔をしかめる。

「裕福そうでもなんでもない、自分で縫った手製のかばんを提げてるおばあさん。あんな人からお金を巻きあげるなんて、どんな根性してんだろう。恥や誇りってもんがないのかしら」

「人情があったら普通、詐欺師にはならないね」

部長がうなずいて、

「とはいえ弱者を狙って恥じないモラルクライシスは、やっぱり社会の一員として脅威だよ。ご老人を狙った詐欺は、日本だと『豊田商事事件』あたりからメジャーなのかな。その頃は商品取引できる程度の中間層から富裕層が対象だったけど、いまは見さかいないしだもんなあ。爪に火をともすように生きてるご老人すら、『弱そう』『すぐだませそう』なんて理由で身ぐるみ剝がされる。いやな世の中だよ」

と慨嘆した。

藍が「まあ今回は防げたけど」と肩をすくめ、

「次の問題はこっちよ。朝刊やネットニュースに写真が載ったせいで、朝から大騒ぎ。親戚《しんせき》から電話は来るわ、後輩からLINEは来まくるわ、SNSのダイレクトメッセージはぱんぱんだわで、さすがに参った。みんなはしゃぎすぎ」

「冬で娯楽がすくないからねえ」

「人を娯楽にしないでほしいわ。その余波か、朝からずっと視線を感じるのよね。自意識過剰かもだけど、後ろからじとーっと誰かに見られてる感じ」

はっと森司は横を見た。

こよみと目が合う。一瞬で心が通じたのがわかった。

「藍さん、それストーカーですよ！」

森司は叫んだ。

「藍さん、わたしたちが守ります！」こよみも叫んだ。

「ええと……、おれもなんかしますわ」つられたように鈴木が言い、

「よくわかんないけど、ぼくも参加しよーっと」

部長が笑顔で手を挙げた。

3

数時間後の灯ともし頃、森司は鈴木と舗道を歩いていた。

森司のアパートで宅飲みをすべく、二人で酒やつまみを買いこんだ帰り道である。

――あまりに寒すぎる。酒でも飲まなきゃやってられん。

というわけで、急遽《きゅうきょ》決まった宅飲みであった。

「……だからな、男の一人暮らしなんてオーブントースターと、テフロンのフライパンひとつありゃ充分なんだよ……」

スヌードの下から、森司はもごもごと言った。

「うちのコンロは物置と化しとります……」鈴木が答える。

市内は極寒のピークを迎え、ごうごうと吹雪《ふぶ》いていた。

街灯に照らされた雪は目に痛いほど白く、それ以外の建物や木々は夕闇の黒に沈んだ。見わたす限り、わずかな濃淡《のうたん》があるだけの無彩色だ。さらに頭上の黒から降るつぶての白が、顔や体を横殴りに叩《たた》いてくる。

「オーブントースターとか、夢のまた夢ですわ……」

「あると便利だぞ……。たとえば今日特売で買った薩摩《さつま》揚《あ》げをだな、こんがり炙《あぶ》って、チューブの生姜《しょうが》を添えて、大根おろしでも付ければ立派なご馳走《ちそう》……」

くだらないことでもしゃべりつづけていないと、顔の下半分が凍りそうだ。お互い、寒さで呂律《ろれつ》がまわっていない。

目の前で、信号が赤に変わった。

二人はその場で足踏みしながら待った。とうていじっとしていられぬ寒さであった。ななめ前では、彼ら以上に着ぶくれた老年男性が信号待ちをしている。頭頂部の白髪が、吹雪で激しく乱れていた。

「あ……、八神さん、これ」

横の電柱を、鈴木が視線で指した。

電柱にはポスターが貼られていた。『特殊詐欺撲滅月間！』とある。『毎週水曜日、公民館にて被害者の会が講演。詐欺の手口教えます！』ともあった。市と警察が協賛してのキャンペーンらしい。

「これもあっての、藍さんの表彰なんすかね……」

「かもな……」

こわばる口で、もそもそと言いあう。信号は赤のままだった。待ち時間を表示する目盛りが、まだ半分以上残っている。

そのときだった。

眼前の男性の背後を、黒い影がさっと走った。

──あっ。

森司は胸中で叫んだ。横で鈴木も目を見ひらいたのがわかった。

影は男性の背中に、わざとぶつかったように──いや、その背を突きとばしたかに視えた。男性の体が、前のめりに揺れる。車道に向かって大きく傾ぐ。

右側から、減速なしでトラックが走ってきた。

森司は咄嗟《とっさ》に両手を伸ばした。買い物袋が投げだされる。かまわず、男性を抱えこんだ。後ろへ思いきり引きもどし、勢いあまってその場でたたらを踏んだ。

「八神さん！」

鈴木に、横から支えられるのを感じた。

「あ、ありがとう鈴木」

森司は礼を言った。あやうく男性ともども道路に倒れこむところだった。自分はいいが、男性が怪我でもしたら目も当てられない。

「いやあ」

腕の中で男性が呻《うめ》いた。

「お礼を言うのはわたしのほうだ……。ほんとうに、ありがとう」

男性が顔を上げ、森司を見た。

刹那《せつな》、森司は「あれ」といぶかった。

どこかで会った人かな？　と思ったのだ。

しかし違った。よくよく見れば、見知らぬお年寄りであった。完全に初対面だ。

髪も眉《まゆ》も完全な白髪で、皺《しわ》深いが上品な顔立ちをしている。マフラーはカシミアだった。コートもブーツも見るからに高級そうだ。

「ありがとう。歳を取るってのはいやなもんだな。まさかこんな、なにもないところでつまずくとは……」

「いえ、その」森司は返答に迷った。

つまずいたんじゃないです、と言いたかった。しかしできなかった。あなたは得体の知れないものに突きとばされたんです、などと言えるはずもない。

「あの、ええと」

森司は雪上の買い物袋を目で追い、そして申し出た。

「家はお近くですか？　よかったらお宅までお送りします。いやほんと、あやしい者じゃないんで。着いたらすぐ帰りますんで……」

しかし実際には、すぐ帰ることはできなかった。男性に「ぜひ礼をしたい。上がっていってくれ」と懇願されたからである。

かくして現在、森司と鈴木は高級分譲マンションの四階にいる。

安酒ばかりだった買い物袋には、高そうなウイスキー二本が加えられた。特売品と薩摩揚げが入っていたほうの袋には、これまた高そうな鱈子《たらこ》、いくら、木箱入りの霜降り牛肉が突っ込まれた。

――まるで昔話の『笠《かさ》地蔵』だ。

出された紅茶を飲みつつ、森司は思った。

お地蔵さんに売れ残りの笠をかぶせたら、その夜に正月の餅《もち》や米俵が届いたという民話である。それとそっくりだ。見知らぬご老人を助けたら、ウイスキーや牛肉になって返ってきた。

「昔の名刺で悪いが、これしかないんだ」

と渡された名刺によれば、ご老人の名は大河内《おおこうち》鉄朗《てつろう》。

県内では有名な某銀行の支店長だったという。八年前に定年退職したというから、見かけほどの老齢ではないらしい。

「仕事でぺこぺこしすぎたせいかな。総白髪になっちゃって……。いつも十歳は老けて見られるよ。爺《じい》さんが心臓発作でも起こしたかと、さぞ驚いたろう。すまなかったね」

「いえ、そんな」

「こちらこそすみません。こんなにいただいちゃって」

恐縮する鈴木と森司に、大河内が微笑む。

「退職してもまだしがらみが残っていてね。やたらとお歳暮が届くんだ。一人じゃ食べきれないから、遠慮せず持っていって」

──一人？　ということは……。

森司は思わず室内を目で探した。

「仏壇は向こうの部屋だよ。そよ子は──妻は、去年他界した」

嚙《か》みしめるように大河内が言う。

森司は肩を縮めた。

「すみません、立ち入ったことを。あのう、では、お線香を上げさせてもらえますか」

「ありがとう。妻も喜ぶよ」

仏壇はマンション用のごく小体なものだった。金ぴかではなく、インテリアとして馴《な》染《じ》む木目調のデザインである。

まず森司、次に鈴木が線香を上げた。

ふたたびリヴィングに戻ったとき、ちょうどチャイムが鳴った。

壁のインターフォンモニタが来客の姿を映しだす。反射的にモニタを見て、森司ははっとした。

「開けちゃ駄目です」

なかば無意識に口走った。

モニタには、初老の男が映っていた。まわりに靄《もや》が見える。黒い靄だった。さきほど大河内の背を突きとばしたものと、よく似ていた。

「開けないでください――。一緒に、入っていきます」

そこまで言って、われに返った。

――しまった。

慌てて口を閉じ、悔やんだ。

森司や鈴木には〝視える〟が、大河内はそうではないのだ。彼の目には、わけのわからぬ不気味な若者としか映るまい。いや不気味がられるならまだいいが、来客を「入れるな」などと、とんだ無礼者である。

しかし大河内は、怒りも戸惑いもしなかった。

モニタの通話ボタンを押すと、

「膳場《ぜんば》くんか。すまない」

平静に告げた。

「まことに申しわけないが、どこかで風邪をもらったらしい。きみに伝染《うつ》してしまうといけないからね。うん、気持ちだけでいいよ。ありがとう」

大河内はインターフォンを切った。

森司を振りかえり、ふっと苦笑する。

「きみにも、すまなかったね。――どうやら、いやなものを見せたようだ」

「え、あ」

森司は口ごもってから、

「視えるんですか?」と問うた。

「いや、わたしには視えない。わかってるのは、おかしなものが周囲にいるらしいことだけさ」

大河内がかぶりを振る。

「ここ最近だけで、自称霊能者や自称勘のいい人たちに何度忠告されたかわからない。怖がられ、怯《おび》えられることすらあったよ。最初は詐欺のたぐいだろうと聞き流していたが、こうまで重なれば、さすがに信じないわけにいかない」

たてつづけに奇妙な体験もしているしね――。そう彼は額を掻《か》いた。

「奇妙な体験……というと?」

「最近、黒い影に付きまとわれているんだ。影というほど、はっきり視えるわけじゃないんだがね。こう、もやもやっと」

大河内は手ぶりで、雲のようなものを描いてみせた。

「ときには気配も感じるよ。でも、振りかえっても誰もいない。ごくたまにだが、声が聞こえることもある。大勢の声だ」

「声……ですか」

「ああ。たいてい扉の外から聞こえる。十数人くらいいて、小声なのにひどく騒がしい。だが、そんなわけはないんだ。このマンションはセキュリティがしっかりしているから、大勢が廊下でたむろできるはずがない。それに〝小声で騒がしい〟なんてのも、おかしな話じゃないか」

自嘲《じちょう》するように、ふっと笑う。

「おかしい……そう、おかしいよな。だがそうとしか形容できないんだ。ぼそぼそ、ぼそぼそとしゃべっているようなのに、ひどくうるさく感じる。生きている人間の話し声じゃ、そんなふうに聞こえはしない」

大河内は言葉を切り、ため息をついた。

「すまんね。説明が下手で。年寄りの話はよくわからないだろう？」

「いえ」

森司と鈴木は声を揃えた。

「わかります。すごく、よくわかります」

大河内は一瞬、彼らを見つめた。次いで目じりにくしゃっと皺《しわ》を寄せ、

「……ありがとう」

と言った。

万感のこもった「ありがとう」だった。

「妻がいなくなってからというもの、ずっと一人でね。被害妄想かもしれないが、ご近

所に挨拶《あいさつ》しても、無視される日が多い。眠れば悪夢ばかり見る。どんどん陰気になり、さらに避けられる悪循環を、われながら肌で感じるよ」

「でも、さっきお客さんがいらしたじゃないですか」

「膳場くんか」

大河内はかぶりを振った。

「彼は、わたしの元部下なんだ。と言っても、一緒に働いたのは三十年も前だがね。先日、道で偶然会って『戻ってこられたんですか！』とひどく驚かれたよ。妻に線香を上げたいと言ってくれるんだが、いつもタイミングが合わない」

「戻ってこられた——ということは、以前は遠方に住んでおられた？」

鈴木が問う。

大河内はうなずいて、

「二年前まで上越《じょうえつ》にいたんだ。向こうで家も買ったし、骨を埋《うず》めるつもりでいた。しかし歳には勝てんね。雪かきがつらくなったのさ」

「ああ、それでマンションに」

「こっちにちょうど、相続した物件があったものでね。上越より雪はすくないし、四階だから雪かきの手間もない。老後を過ごすにはうってつけだと思ったんだ。だが妻が、思いがけず急死して——」

眉間《みけん》を指で押さえる。

森司は、つい先刻見た遺影を思った。

大河内の亡妻そよ子は、黒枠の中で輝くばかりの笑顔だった。品はいいが地味な夫とは対照的に、太陽のごとき明るさが伝わってきた。

「妻とは、幼馴染《おさななじ》みでね」

冷めかけた紅茶を、大河内はひと口含んだ。

「ほんとうなら、二十代のうちに一緒になりたかった。しかしお互い家の事情が複雑で、結婚できたのは四十五を過ぎてからだった」

彼は遠い目になって、

「妻は、市内《こっち》で教師をやってた。高校の先生さ。女子剣道部の顧問もしていてね、生徒たちにそりゃあ人気があったんだ。……なのに結婚後は教師を辞めて、わたしに付いてきてくれた。わたしは銀行員で、転勤ばかりだったからね」

と言った。

「後悔しているよ。晩婚だったせいもあって、彼女と離れたくなかった。結局、あちこち連れまわしてしまった。天職だった教師を辞めさせ、三、四年ごとの引っ越しという落ちつかない生活をさせた。……だからね、つい考えてしまうんだ。あの変な黒い影は、妻を大事にしなかった罰《ばち》じゃないか。ひそかにわたしを恨んでいた妻の、死後の意思表示なんじゃないか、とね」

「そんな」

森司は思わずカップを置いた。

大河内が苦笑する。

「いや、すまん。べつに妻をいやな女にしたいわけじゃない。ただね、罪悪感が消えないのさ」

彼女を孤独にしてしまった。それをずっと悔やんでいる――と、大河内は声を落とした。

「もともと係累のすくないわたしと違い、そよ子は市内《こっち》に根を張っていた。仕事も家族も、全部こちらにあったんだ。なのに全部捨てて、わたしに付いてこさせた。マンションに引っ越そうと決めたときも、上越に張った根をふたたび捨てさせた。下越《かえつ》に彼女の係累は、もう一人もいないってのに……」

語尾がわずかに潤んだ。

「去年、妻の葬儀を出したよ」

あれほど後悔したことはない、と大河内はつづけた。

「葬儀に来たのは、わたしの知りあいばかりだった。しかも仕事関係の知人だけだ。当然だな。そよ子の親戚《しんせき》はとうに亡く、友人知人はみな上越に残してきた。教え子とは二十年も前に別れた。鈍いわたしは、そのときはじめて気づいたんだ。妻を孤独にしたこと、孤独なまま死なせてしまったことに」

「大河内さん」

「わたしは、馬鹿だ」

彼は手で顔を覆った。

「あのまま上越にとどまっていればよかった。……あそこには、妻が作った居場所があった。友達や、ご近所さんや、仲間がいた。あの土地で亡くなっていたら、あんな空虚な葬儀にはならなかった。妻のために泣いてくれる人たちが、たくさん、来てくれたはずなんだ——」

大河内は泣きはしなかった。声音は悲痛でも、乱れることはなかった。

しかし森司は、いっそ泣いてくれたらいいのにと思った。

思いながら、膝《ひざ》に手を置いてうつむいた。

4

大河内の部屋を出た森司と鈴木は、エレベータで一階へ降りた。

手に提げた袋には、スコッチウイスキーが一壜《びん》追加されていた。帰りしなに「愚痴を聞かせてすまなかったね」と大河内が押しつけてきた壜であった。

「重いだろ、大丈夫か？」

「はあ。おれは平気ですが……」

大河内のほうがよほど心配だ、とは二人とも口に出しづらかった。

エレベータを降り、吹き抜けのエントランスへ出る。マーブル模様の大理石を基調とした、ホテルライクなエントランスである。壁際には観葉植物とソファが交互に置かれていた。

おや、と森司は思った。

観葉植物の鉢に隠れるようにして、男が一人ソファに座っている。見た顔だ。ついさっき大河内家のインターフォンモニタに映った、膳場とかいう男だった。

——どうしよう。

黙って通り過ぎるべきか、森司は迷った。

お節介はよくない、と思う。しかし素通りするのもどうかと思う。

迷いに迷った末、いったん通り過ぎかけて、森司は数歩戻った。

「あのう」

こわごわと声をかける。

「大河内さんなら、たぶん今日はもうお会いできないかと……」

待っても無駄ですよ、と言外にこめて「ほら、吹雪《ふぶ》いてきましたし」とうながす。

膳場が目をしばたたいた。

森司と鈴木をとっくりと上から下まで眺め、

「きみたち、大河内さんのご親戚？　甥《おい》っ子さんとか？」と尋ねてくる。

「はい。まあ」

説明が面倒なので、うなずいておくことにした。

「大河内さん――おじさんは、いまちょっと熱がありまして。でも大丈夫です。すぐ元気になるでしょうから、ご心配なく」

適当なことをまくしたてる。語調が強すぎたか、膳場が苦笑した。

「いやいや、そこまで牽制《けんせい》しないで。べつにあやしい者じゃないから」

内ポケットから名刺入れを出し、二人に名刺を渡す。

大河内からもらったのと同じデザインの名刺だった。刷られている銀行名も同じである。役職は〝融資第二部・次長〟。

膳場が名刺入れをしまいながら、

「大河内さんは、そのう、お体だけじゃなく、お気持ちのほうはどうなのかな」

と二人を見上げた。

「はい？」

「いやね、先日お会いしたとき『眠れない。食欲がない。ご近所に無視される』なんてこぼしてらしたから、初老期鬱《うつ》の前駆症状かと心配で」

森司が応《こた》える前に、膳場は嘆息した。

「……たとえ無視されるのがほんとだとしても、大河内さんのせいじゃない。みんな、あの階に近づきたくないだけなんだよ。大河内さんがどうこうじゃないんだ。あそこが〝わけあり〟ってだけなんだから」

森司の下腹がざわりとした。

駄目だ、と己に言い聞かせる。ここで好奇心を出しては駄目だ。ふんふんと聞き流して、この場から立ち去るべきだ。

しかし、口は勝手に動いた。

「わけありってどういうことです?」

もしや心霊的な――? との問いは、寸前で呑《の》みこんだ。

「わけありは言いすぎかもしれないがね。わたしは仕事の関係で、このマンションによく出入りするんだ。ここ数年、四階はトラブルつづきなのさ」

眉根《まゆね》を寄せて膳場が言う。

「もとはといえば四〇二号室のお年寄りがよくない。もともとのクレーマー気質に加え、奥さんを亡くして箍《たが》がはずれてしまってね。手あたり次第に文句を付けるようになった。とくに被害甚大だったのが、同階の住人たちだ」

「ご近所トラブルってやつですか」

「そんななまやさしいもんじゃない。なにしろ自殺者が出たんだから」

「自殺者?」

森司は目をまるくした。それは穏やかではない。

「四〇二号室の住人に、とりわけターゲットにされた方がいてね。確か、大河内さんのお隣だった。やはりご高齢だったよ。特殊詐欺にひっかかって貯金をなくしたばかりで、そこへいやがらせが重なったんだ。なんともお気の毒だったな」

「いやがらせしたほうの人は、その後どうなったんです？」

「そちらも二年ほど前に亡くなった。病死だった。こう言っちゃなんだが——大河内さんは、ちょっと似ておられるんだ」

ひさしぶりにお会いしてぼくも驚いたよ、と膳場はつづけた。

「三十年の間に、まさかあんなに面変わりされるとはな。実際は七十前のはずだが、八十代と言われても通るだろう。びっくりだよ。大河内さんがあのマンションに入っていくのを目撃して、正直……」

「生きかえったと思った？」

「まあ、はっきり言ってしまえばね」

と膳場はひかえめに認めて、

「だからきみたちからも、大河内さんに伝えておいてくれないか。こういうわけで、あなたのせいじゃない。大河内さん本人の問題で住人たちは避けているわけじゃない、とね。みんな、いやな過去を思いだしたくないだけなんだ」

「わかりました。伝えます」

森司はうなずいた。

大河内からもらった名刺に、携帯番号が載っていたはずだ。明日にでも電話してみよう、と心に決める。

「きみたち、大学生？」

森司たちをあらためて眺め、膳場が問うた。

「はい。雪大です」

「優秀なんだなあ」

まぶしげに目を細める。

「ほんとうならうちの息子も、いま頃は大学生のはずだった……。じゃあね。くれぐれも大河内さんによろしく言っておいて」

膳場の背後で、窓越しに雪風が唸《うな》った。

5

男二人の宅飲みは予定どおり、その夜に森司のアパートで決行された。

ただし献立は予定を大きくはずれた。

本来なら炙《あぶ》った薩摩《さつま》揚《あ》げやバターコーンなどで、つつましく発泡酒をたしなむつもりだった。しかし現在、彼らの眼前で煮えているのはすき焼きであった。

野菜は白菜、葱《ねぎ》のみだ。しかし肉が違う。大河内からもらった霜降りの国産牛肉だった。赤い肉の表面に、繊細な脂が網の目のように走っている。

半煮えになったところで、すかさず取り皿に確保した。

生卵とからめ、口に入れる。

「う、美味《うま》い……」

森司はうっとりと目を閉じた。

肉の繊維を感じない。二、三度嚙《か》んだだけで、ひとりでに舌の上でとろけていく。割下の砂糖のせいではなく、甘い。肉そのものが甘い。

だが感動する森司をよそに、

「八神さん、おれポテチ食うていいっすか」

と鈴木は買い物袋をがさがさと探っていた。

「おまえというやつは……。これほどの肉が煮えているというのに」

「すんません。美味いことは美味いすけど、おれ霜降りの肉は二、三枚食えば充分ですわ。脂が胃にきます。あとは八神さんが食うてください」

「嬉《うれ》しいような、そうでないような……」

ミディアムレアの肉に、森司は大根おろしを少量のせた。口に放りこみ、嚙む。牛脂の後味が、大根おろしですっきり洗い流される。

「ていうか、ポテチも充分脂っぽくないか？」

「ジャンクなもんの脂は平気なんすよね。胃腸がどうにも貧乏仕様でして」

ちなみに、いくらや鱈子《たらこ》のおすそ分けもいらないと鈴木は言う。

「ほんとにいらないのか？　全部おれ一人で食っちゃっていいの？」

念押しする森司に、

「もらっても困るんすよ」鈴木は手を振った。

「冷凍の鱈子スパゲティくらいなら、たまに食いますが」

「うーん、このお高い鱈子をパスタにする勇気は、おれもないな……」

しかたない、泉水さんに半分分けよう、と森司は決めた。さすがに独り占めは気が引ける。それ以前に、一人では食べきれそうにない。

「そない遠慮せんといてください。そもそも大河内さんを助けたのは、おれでのうて八神さんですし」

「いや、そこはどっちとか関係ないだろ」

「ありますよ。それに、こいつだけで充分です」

鈴木が湯呑《ゆのみ》を掲げた。

中身はお茶ではない。大河内からもらったウイスキーである。今夜の寒さに合わせてお湯割りにしたため、グラスでなく湯呑なのだ。

「これはあきませんね。この味に慣れたら、安酒が飲めんようなる」

「大丈夫だ。〝慣れる〟ほどは飲みつづけられない。おれたちごとき、いただきものを消費すればそれっきりだ」

自分の湯呑に、森司は手酌でウイスキーを注いだ。かたわらの電気ポットを引き寄せ、お湯を足す。

「しかし、妙に金の話と縁づいてるなあ」

お湯割りをひと口啜《すす》った。

「藍さんが詐欺を防いだり、おれらが銀行のお偉いさんたちと遭遇したり……」

「しかも、特殊詐欺で自殺したご老人の逸話付きでね」

鈴木がスナック菓子の袋を破く。

「もしかしたら、例の『特殊詐欺撲滅月間！』の余波と違《ちゃ》います？　あの手のイベントって、金に恨みのある霊が寄ってくるやないですか。大河内さんが信号前で突きとばされたんも、雑霊が元銀行支店長から金の臭いを嗅《か》ぎつけたんかも」

「なるほど、あり得るな。大河内さんは奥さんのことで落ちこんでたし、あいつらは弱ってる人間に目がないから」

さて、と森司は腰を浮かせた。

「ちょい早いけど、すき焼きにうどん入れよっと」

「あ、そんならおれも食います」

鈴木がスナックの袋から顔を上げた。

「え、すきうどんなら食うの？」

「食います。うどんの具としてなら肉も野菜も大好きです」

「よくわかんないね。おまえの食の嗜好《しこう》……」

首をかしげ、森司はフリーザーの前にしゃがみこんだ。

6

翌日はすこし気温が上がり、陽の射す時間帯もあった。部室棟に牙《きば》のごとく吊《つ》りさがった氷柱《つらら》から、絶えず雫《しずく》がぽたぽた落ちている。

「……というわけで、こちらがそのブツです」

ひとくさり説明を終え、森司は鱈子といくらの箱を泉水に差しだした。

「ありがたいが、ほんとうにいいのか？」

泉水が鈴木を振りかえる。鈴木が即座に手を振って、

「いいですいいです。おれがもらっても、どう食うたらええかわかりませんし。そもそもうちパンしかあれへんし」

「偏食とは、無欲にも通ずるのね」藍がしみじみと言う。

その横で部長は上機嫌だった。

「いやいや、なにはともあれ、善行に見返りがあるのはいいことだよ。八神くんたちは人助けをした。そして感謝された。現代社会も捨てたもんじゃないね。藍くんといい八神くんたちといい、自慢の部員だなあ」

「喜んでいただけてるついでに、相談いいですか」

森司は身をのりだした。

「じつはくだんの大河内さんが、奥さんの一周忌に誰も呼べないのを気に病んでるんです。おれたちで墓参くらいできたらと思うんですが、どうでしょう」

「いいね」部長が即答した。

「まったく無関係なぼくらでも、にぎやかしくらいにはなる。法事でにぎやかしっていうのも変だけど、お花を増やすくらいのことはできるもんね」

「〝ハレとケ〟を元来の〝非日常と日常〟と解釈するなら、法事もハレと言えます。だからにぎやかしでもいいんじゃないでしょうか」

と、こよみも追従した。

「仏教における死はケガレじゃない、って言うしね。さすがこよみくん。藍くんと八神くんさえからまなければ、じつに論理的かつ理性的だ」

部長が妙な誉《ほ》めかたをした。

「おれ喪服持ってへんのですが、墓参って平服でOKですか?」と鈴木。

「明るい色じゃなきゃいいはず」と部長。

「冬はどうせコート着てるしね。たいてい黒とかグレイとか、焦茶……」

そこまで言いかけた藍が、さっと窓を振りかえった。

「……いま、誰か覗《のぞ》いてなかった?」

唸《うな》るように言う。

「え?」

「視線を感じたの。確かに窓の向こうから、誰かこっちを見てた」

一瞬、室内がしんとなった。思わず森司はこよみと目を見交わした。

――もしや、例のストーカー？

凍りついた窓を、泉水が力まかせに開けた。

「八神、行け！」

「はい！」

応《こた》えと同時に、森司は窓枠に手をかけ飛び越えた。

運動神経が人並み以上でよかった、と思うのはこんなときだ。植え込みを避《よ》けて着地する。うなじに当たる水滴にもかまわず、森司はスタートダッシュした。

だが、結果的に言えば無駄だった。

半径五十メートル以内に、あやしい男の姿はなかった。逃げ去る影すら見当たらない。

部室に駆け戻りながら、首を振ってみせる。

「え――。じゃあ、あたしの気のせい？」

藍が眉《まゆ》を曇らせた。

「それともやつの逃げ足が、八神くんより速いってこと？」

「怖《こ》っわ……」鈴木が低くつぶやく。

「速いストーカーって、怖いの二乗やん」

「確かに」

部長が重おもしく首肯した。

「藍くん、気のせいだなんて思わず、ここは本格的に気を付けるべきだよ。車通勤だからって気を緩めちゃいけない。とくに夜間の駐車場では、まわりに注意しながら乗ってほしい。乗ったらドアは即ロックするようにね」

「やだあ、もう」

藍が天井を仰いだ。

「頼もうかどうか迷ってたけど、怖くなってきたし頼っちゃおうかな。八神くん、お願いごとしていい？」

「はい。なんでも言ってください」

反射的に答えたのち、「なるべく痛くなくて、つらくないことなら」と森司は付けくわえた。

「なんであたしがきみに、痛くてつらいことをさせると思うの。明日、ある人を迎えに行って、家まで送り届けてほしいだけ。車はあたしのを貸すしね」

「ああなんだ。そんなことならいくらでも」

森司はほっと安堵《あんど》してから、尋ねた。

「で、どこに誰を迎えに行けばいいんです？」

7

その建物は、ビル街のただ中にそびえていた。

几帳面《きちょうめん》に積んだレゴブロックを思わせる外観である。生涯学習センターや図書館なども擁する、公共の複合施設。つまり公民館であった。

藍のアウトランダーを駐車場に停め、森司は運転席から降りた。つづいて助手席からは鈴木が降りたつ。

屋外掲示板には、いつぞやも見た『特殊詐欺撲滅月間!』のポスターが貼りだされていた。つづく文字は『毎週水曜日、公民館にて被害者の会が講演。詐欺の手口教えます!』である。

「あたしが詐欺を防いだおばあさんがね、その講演を聞きたいって言うのよ」

昨日の藍の声が、森司の脳内でよみがえる。

「足がないって言うから、つい『送りましょうか?』って言っちゃったの。でも平日でしょ？　行きは出勤のついでに送っていけるけど、帰りがねぇ……。だから八神くん、悪いけど代わりに迎えに行ってくれない？」

「もちろんいいですよ」

と快諾し、現在にいたる。

ちなみに鈴木が付いてきたのは、彼いわく「後学のため」であった。

「八神さんにだけは打ちあけますが、じつは運転免許を取りたいと目論《もくろ》んでまして。運転しとるとこ、近くで見とってええですか。藍さんや泉水さんの運転では、おそれおおくて横には座られへんし」だそうだ。

駐車場を出て、公民館の正面へとまわる。途端に森司は顔をしかめた。

「うへえ」

「うはあ」

鈴木も同様の声を上げ、レゴブロックもどきを仰いだ。

「予想どおりですな」

「予想以上、かもしれない」

つい先日、鈴木が言ったばかりだ。「あの手のイベントって、金に恨みのある霊が寄ってくるやないですか」と。

予言か？　と疑いたくなるほど、その言葉は的中していた。

複合施設のまわり一帯、うようよと黒い靄《もや》にたかられている。遠目にはきっと、局地的な黒雲に覆われたように見えるだろう。

「とはいえ、さいわい雑魚《ざこ》ばっかですわ」

「だな。人に取り憑《つ》けるほど強いやつはいない。ここで講演を聞いた人が、いつもよりナーバスになる程度だろ」

森司と鈴木は早足で進んだ。

そして〝藍が助けたおばあさん〟こと恒子《つねこ》を、無事にロビーで確保した。

「あらまあ、こんな男前二人が迎えに来るなんて」

藍の言うとおり、布かばんを大事そうに提げた可愛らしい老女であった。
八十四、五歳だろうか、小柄で痩《や》せている。折りたたみの杖《つえ》が、チョコミントを思わせるツートンカラーなのがお洒落《しゃれ》だ。
「それで、どっちが藍ちゃんの彼氏なの？」

「滅相もない」

森司と鈴木は、瞬時に否定した。

「われわれごときではそんな、とてもとても」

「藍さんほどの女性に釣りあうはずが……」

「大丈夫よ。きみたち二人とも、すっごく可愛いわよ」

励ましのような、慰めのような言葉をもらってしまった。二人は恒子を両側から支え、正面玄関まで誘導した。

「おれ、車まわしてきます。鈴木はここで恒子さんと待っててくれ」

森司はきびすを返した。

小走りに駐車場へと向かいかけ、「おっ」と立ちすくむ。

建物のまわりにはびこる黒い靄に、目が慣れていたのがよくなかった。その靄の向こうから、全速力で飛びだしてきた人影を一瞬見誤った。

むろん生身の人間である。泣いたのか、その両目は真っ赤に充血していた。二十歳そこそこの青年だ。

その背をなんとはなし見送ってから、

「……やっぱみんな、ナーバスになっちゃうんだな」

と森司はうなずいた。


恒子は、なかなかに話し好きな老女だった。

森司が運転席、鈴木が助手席、恒子が後部座席だというのに、しゃべっていたのは九割彼女だった。同乗した約二十分間だけで、恒子の近況をほぼすべて把握できた。

約十年前に夫と死に別れたこと。現在は一軒家に一人暮らしであること。しかし友人が多いので寂しくないこと。

孫とまた会えるようになって嬉《うれ》しいこと。詐欺に遭いかけたと話したら叱られたが、それすらも嬉しかったこと、等々。

「でね、孫が言うには、インターネットでいやなことを広める人がいるらしいの。『経済が上向かないのは年寄り世代が貯《た》めこんでいるせい。年寄りに金を吐きださせないと景気はよくならない』『老害を養うために、若者世代が割りを食うような社会は間違ってる』なんてふうにね……」

悲しげに恒子が言う。

森司は慌てて話題を変えた。

「あの、ええと、お孫さんはいくつなんです？」

「今年で二十八よ。息子はもう五十八歳。わたしが歳を取るはずよねえ」

恒子はおちょぼ口で笑った。

「わたしはね、定年まで市の保健師をやってたの。わかる？　保健師って」

「はい。母が看護師なんで、多少は」

ハンドルを切りつつ森司は答えた。

「あらそうなの。男の人だと知らないことも多いんですけどね、わたしは赤ちゃんの健診とか、お母さんがたへの家庭訪問とかをやらせてもらってたの。あ、次の角を右にお願い」

はい、と森司は答えて右折レーンに入った。

赤信号の向こうに広がるのは灰白色の冬空だ。その陰鬱《いんうつ》な白を背景に、そびえ建つ瀟《しょう》洒《しゃ》なマンションが見えた。大河内の住むマンションである。

「……あのマンションに、家庭訪問に行かれたことってありますか？」

考える前に、言葉が口からこぼれた。

「え？　どのマンション？　……ああ、あのお城みたいなとこね。わたしは行ったことないわ。というか、わたしが辞めてから建ったんじゃないかな」

「ですよね」

森司はうなずいてから、

「じつは、ええと、あそこの四階に親戚《しんせき》が引っ越してきまして。なんというか、よくない噂を聞いたんです」考え考え、言った。

「よくない噂って？」

「おれも又聞きなんですが、親戚が入居する前に、ご近所トラブルが原因の不幸があったとかなんとかです。そのせいで四階を避ける住民が多いらしいんですよ。親戚は長らく上越に住んでたから、こっちに早く馴染《なじ》みたがってるんです。なのにそんなの、気の毒だなあ、と……」

しどろもどろの説明だった。しかし恒子は、うまく脳内補完してくれたらしい。

「確かにお気の毒ね。何号室の方なの？」

「四〇七号室です。去年、奥さんを亡くされまして」

「ますますお気の毒」

信号が青に変わった。

「そう、あのマンションの四階ね。わかったわ、保健師時代の知りあいに聞いておきましょう」

直進の車列が途切れる。慎重に、アウトランダーは右折した。

8

恒子を送り届けたのち、森司は大河内のマンションへハンドルを切った。

「ちょっと思いついたんだ。寄り道していいか」

との森司の言葉に、鈴木は「どうぞ」と即答だった。

「どうせ午後は出席取らん補講ばっかですし、バイトもあれへんし」

エントランスのインターフォンで、四〇七号室を選んで押す。

「突然ですみません。雪大の八神です。鈴木もいます」

「ああ、きみたちか。待ってて、いま開ける」

その言葉どおり、エレベータ前へ進むとすぐに扉が開いた。ボタンを押さずとも、ひとりでに階上へのぼっていく。

四階に降り立った瞬間、またも森司と鈴木は呻《うめ》いた。

「うへえ」

「うはあ」

一昨日《おととい》来たときより、さらに悪化していた。

階全体に、黒い瘴気《しょうき》が溜まってよどんでいる。霊感持ちとまでいかずとも、感性の強い人なら頭痛や腹痛を起こすだろう濁った空気だ。

——四〇二号室。

横目で森司は、扉の番号を確認した。

たちの悪いクレーマー爺《じい》さんが住んでいた部屋である。新しい住人が入居したかは不明だが、いまはひっそり静まりかえっている。

いくつかのドアをさらに通過した。

——四〇六号室。

ここの元住人は、クレーマー爺さんのいやがらせで自殺したという。膳場は「大河内さんの隣」としか言わなかったが、この部屋で間違いないだろう。漂ってくる空気の質が違う。

——そして、四〇七号室。

どろりとした靄が、扉の前にたっぷり溜まっていた。

全部で何人いるのかすらわからない。古い霊は、かたちを保ってすらいなかった。ほぼ混ざりあい、もつれてよじれ、溶けあっている。ことさらに不快なのは、幼子の霊がいることだった。

入ろうよ、と古い霊たちにその子は呼びかけていた。

——入ろうよう。ここ、早く入ろうよう。

声とも呼べぬ声が、森司の頭蓋《ずがい》に直接響く。

——入れるよ。ここ、きっと入れるよ。入っちゃおうよう。

くくく、と湿った笑い声がつづく。

森司はかぶりを振って声を払い、ドアチャイムを押した。大河内の声が答える。

「いらっしゃい。いま開け……」

「開けないでください」

森司は言った。靄《もや》に訊《き》かせるための言葉だった。

「まことにすみませんが、おれたちの指示に従ってほしいんです。おれがいいと言うまで開けないでもらえますか。お財布やスマホを持って待機してください。いいですか？　これからこの部屋には、誰も入れません」

耳もとで舌打ちが聞こえた。

さっきの子だな、と森司は悟った。きっとすごい形相で睨《にら》んでいるだろう。怖いので、気配のほうは見ぬようつとめた。

次いで、ゆっくり財布を取りだす。

わざと小銭の音をちゃりちゃり鳴らしてから、森司は十円玉を遠くへ放った。

ぶん、と唸《うな》りをたて、黒い靄がコインを追っていった。

金に執着のある霊にしか使えぬ裏技だ。おれの十円、と思わないでもなかったが、もらったウイスキーと牛肉その他で十二分にお釣りが来る。

すかさず鈴木が、ドアの向こうに呼びかけた。

「大河内さん、出て！　いまのうちです、早く！」

ドアが開いた。

その隙間から、森司と鈴木は大河内を引っ張りだした。オートロックが閉まる音を背に、それぞれ大河内の両脇を抱えて駆けだす。

さいわい非常階段は近かった。重い扉を開け、素早く中に滑りこんだ。

「……あー、ヤバかった」

「怖かったぁ……」

閉めた扉にもたれ、二人で大きく息をつく。

「やっぱり、おかしなのがいたかい？」

気づかわしげに問う大河内に、森司は首肯した。

「いました。わかりますか？」

「一晩じゅう、廊下から声がしてたからね。五、六歳くらいの男の子の声だ。わたしの部屋に、ひどく入りたがっていた」

「絶っっ対、入れちゃ駄目です」

森司は断言した。

「あいつ、もう子どもじゃありませんから。死んだときは子どもでも、とっくに違うものに変質してますから」

鈴木が廊下の気配をうかがって、

「すぐ外があれじゃ、出られへんかったでしょ。食べもんとか大丈夫でしたか？」

「買い溜《だ》めしてあるから平気だよ。この歳になると、さほど食べないしね」

大河内は肩をすくめ、

「……で、わたしはこれからどうしたらいいんだ？」と言った。


「さっきある人と母の話をして、ぴんと来たんです」

アウトランダーのハンドルを操り、森司は言った。

陸橋を渡って十字路を過ぎ、さらに青信号を直進する。かなりの寄り道だが、正直に言えば藍は許してくれるに違いない。

「奥さんとは、幼馴染《おさななじ》みでいらしたんですよね？」

後部座席の大河内に、森司は尋ねた。

「ああ、そうだ」

「そして奥さんがお元気だった頃、大河内さんの体調はよかった。結婚前も、結婚してからもですか？」

「そうだよ」

「ここからはおれの想像ですが」と森司は前置きした。

「大河内さんが独り身の頃、転勤つづきの生活でも快調に暮らしていけたのは、奥さんのおかげだと思うんです。一緒に暮らせずとも、奥さんがずっと大河内さんを想っていたからでしょう。ええと、なんと言ったらいいかな」

すこし言葉に迷ってから、

「無意識のご加護があった、というか」と言った。

「ご加護……？」

「はい。たぶん大河内さんの奥さんは、おれの母と同じタイプの人です」

バックミラー越しに大河内を見つつ、森司は言った。

「さらに大河内さんは、おれの――おれの、ええと、後輩に似ています。いや、いまは同学年なんですが、とても可愛らしい女の子です。可愛らしいだけではなく聡明《そうめい》であり、また芯《しん》が強くもあり、彼女の美点を列挙していけばきりがなく、しいて言うなら世界一、いや宇宙」

「八神さん」鈴木が制した。

「話がそれてます」

「すまない、つい」

森司は咳払《せきばら》いして、

「ともかくその子の、昔の状態に似ています。悪いものが寄ってきやすい。そして、はねつける力が弱い。大河内さんもおっしゃったように、〝自称勘のいい人〟、つまり霊感までいかずとも感覚の鋭い人は、世の中に案外多いです。えてしてそういう人は、〝呼び寄せる人〟や〝くっつけてしまう人〟を無意識に避けます。だから大河内さんは、ときに『無視されている』と感じたかもしれない。でも向こうにそんな気はありません。

けっして悪意はないんです」

とつづけた。

「おまけに大河内さんは元銀行員でしょう。言いかたはあれですが、お金の匂いが染みついてるんですよ。金銭がらみで死んだ霊がまず集まり、そいつらが同類を呼んだ結果、いまや砂鉄と磁石みたいになってます」

――そういや大河内さんを助けたとき、「どこかで会ったような」と思ったっけ。

頭の隅で森司は考える。

――あれも、彼の〝体質〟のせいだ。

大河内は影が薄く、自我も薄い。いわば最大公約数型の人間だ。後輩の膳場も、「亡くなった住人にちょっと似ている」と認めていた。多くの人に「どこかで会ったかな？」「知人に似てる」と思わせるタイプなのだ。

金融系で長く生きた男性には珍しい。だが逆に、だからこそ出世したのかもしれない。流れに逆らわず、自我を出さぬ人間が重宝されるのは、日本の社会に間々あるシステムである。

「つまり、きみの話を総合すると……」

大河内が戸惑い顔で言った。

「妻はわたしを恨んでいない。それどころか生前は、ずっと守ってくれていた。物理的に離れている時期でさえ、わたしが問題なく働けたのは彼女の加護あってのことだ。そう言いたいのかい？」

「おれは、そう思ってます」

森司はウインカーを出して左折した。

目当ての建物が近づきつつある。飲食店や調剤薬局の看板の向こうに、ひときわ高いオフホワイトの外壁が見える。鉄筋コンクリート造の九階建てだ。

「市民病院です」

森司は言った。

「そして、おれの母の勤務先です」


森司を見つけた母の第一声は、「なにしてんのあんた」であった。

「頭痛いの？　風邪ひいた？　わかってると思うけど、身内だからって順番は飛ばさないからね。診察券出して、おとなしく座って待ってなさい」

まくしたてる母をスルーし、

「大河内さん、うちの母です」と森司は背後を振りかえった。

すかさず母に顔を戻し、早口で紹介する。

「母さん、紹介するね。こちら大河内さんです。こっちは後輩の鈴木」

そうなれば三者は「はじめまして」「こちらこそはじめまして」「どうもどうも」と挨《あい》拶《さつ》合戦にならざるを得ない。

完全に仕事モードに戻った母が、大河内へよそいきの笑顔を向ける。

「当院へははじめてですか？　でしたらまずは、一階へどうぞ。保険証はお持ちでしょうか？」

「あ、はい。財布に」

「では息子に受付まで案内させますね。森司！」

「わかってるよ」

じゃあまた、と母に手を振り、大河内と鈴木の背を押して歩きだす。

角を曲がって人波が途切れたところで、森司は大河内に問うた。

「いま、ご気分はどうですか？」

「え、あ」

展開に付いていけぬ様子だった大河内が、ようやくひと息つく。足を止め、自分の胸を撫《な》でおろす。

「……驚いたな。胃のむかつきが消えたよ。頭痛も耳鳴りも、きれいになくなった。まるで魔法だ」

「よかった」

森司のほうこそ胸を撫でおろしたかった。うまく目論見《もくろみ》が当たってくれたらしい。大河内が森司を見上げ、

「きみの言うとおりだ。お母さんは、妻とどこか似ているよ。もちろん年齢や容姿はま

ったく違うが、なんというか、全体的にこう」

「わかります」

言葉のなかばで森司はうなずいた。

以前、菩提寺《ぼだいじ》の住職に「きみのお母さんはすごい」と言われた日を思いだす。つづけて住職はこうも言った。「ちょっと類を見ない、まぶしい人だ」と。

――子どもの頃からそうだった。

母のそばに寄ると、悪いものはたいがい離れていった。〝視える〟だけの森司が成人まで無事生きてこられたのは、母のおかげも大きいだろう。

「今後のかかりつけ医は、この病院にしてください」

森司は大河内に言った。

「シフトにもよりますが、たいていの日は母がいますから」

9

加湿器が、やわらかな霧をしゅんしゅんと勤勉に吐きだしている。

室内にはコーヒーの芳醇《ほうじゅん》な香りと、甘いバニラの香りが満ちていた。

前者はこよみが淹《い》れたこだわりのブレンドコーヒーで、後者は部長がいまハマっている塩バニラココアだった。

練りに練って淹れたココアに、バニラオイルを数滴落とす。そしてちょっぴりの塩を入れるのだ。すいかにかける塩と同じく、甘みが引きたつという。ちなみに部長アレンジでは、その上にホイップクリームがこんもりと盛られる。

「八神くん、いいことしたねえ」

目を細め、黒沼部長が猫のように微笑んだ。

「善行を重ねて、着々と徳を積んでるじゃない。そのうち出家できそうだ」

とよくわからない賛辞を述べる。

部室には藍以外の五人が揃っていた。部長を基点として時計まわりに、泉水、鈴木、森司、こよみの順で長テーブルに座っている。

「いえ、それがですね……。そこで終わってたら、善行完了だったんですが」

森司は眉《まゆ》を下げた。

「終わらなかったの？」

「というか、完全には退治できなかったんです。じつは昨夜、大河内さんから電話がありまして――」

渋い顔で森司は語りはじめた。

くだんの電話は、夜の十一時過ぎに鳴った。送信者の名を確認するやいなや、森司は急いで応答した。

「はい、八神です」

「八神くん。こんな時刻にすまないね」

大河内の声音には、遠慮と苦渋が混ざりあっていた。

「じつは、その……病院から帰って以降、調子がよかったんだが」

「また体調が悪くなりましたか？」

「いや、体のほうは平気だ」

大河内は言葉をいったん切って、

「すまない。わたしがどこかで油断したのか――、どうやら一人、中に入れてしまったようなんだ」と言った。

「な、中に？」

森司は息を呑《の》み、ぐっと声を低めた。

「ということは、いまもそばにいます？　視えるんですか？」

「視えはしない。でも気配でわかった。さっきうたたねしていて、はっと目を覚ましたら、真上から覗《のぞ》きこんでいたよ」

語尾に怯《おび》えが刷《は》かれた。

「最初は、寝ぼけての錯覚かと思ったんだ。だが十分ほどして洗面所に立ったとき、気のせいじゃないと確信できた」

鏡に、手が――と大河内は言いかけて、

「いや違う。鏡に映ったわたしに、手の痕《あと》が付いていたんだ」と訂正した。

「頬から首にかけて、赤い痣《あざ》のように浮きあがっていた。真上から誰かが体をぐっと押したように、掌の……が、……っきりと」

「大河内さん？」

森司は問いかけた。

通話に雑音が交じりはじめた。電波の状態が悪いらしい。アンテナは立ってるのにな、と思いつつ、森司は立ちあがって窓際へ移動した。

「大河内さん、もしもし？」

「……がみくん、……っちは、……今夜……」

やはりよく聞こえない。森司は窓を薄く開けた。携帯電話を耳に押しつけ、聴覚に神経を集中させる。

その刹那《せつな》。

——っしょ、に。

声が耳に飛びこんできた。

あきらかに大河内の声ではなかった。複数ではない。一人の声だ。

その向こうで大河内が「……がみくん。やがみくん……」と呼びかけている。ひどく遠く感じる。

——いっしょ、に。

森司は大河内の声でなく、ノイズのほうに耳を傾けた。まぶたを閉じ、ほかの五感をなるべく遮断する。感覚を意図的に研ぎすます。

――……んで。いっしょ、に。

――いっしょに、しんで。

ようやく聞こえた訴えに、森司は思わず舌打ちした。

――しんで。いっしょに、しんで。

――ひとりは、いや。

その〝声〟は、後悔にまみれていた。

なにを悔やんでいるのかは不明だった。わかるのは〝声〟の持ちぬしの絶望と、死への強い欲求だけだ。そして〝声〟からは、はっきりと金の匂いがした。

森司は通話を切った。

ショートメッセージサービスに切り替え、汗ですべる指で文章を打つ。

「大河内さん。今日からしばらく、奥さんの遺影がある仏間で寝てください」

送信した。

数分して、大河内から返信があった。

「遺影の近くなら安心なのか？　もしいままでどおり寝室で寝つづけたら、わたしはどうなるんだ？」

「わかりません」森司は正直に答えた。

「でもそいつ、『一人で死ぬのはいやだ』と言ってます。母の力であらかた追いはらえましたが、完全じゃなかったようです。ともかく、奥さんのそばで寝てください。そうしないと、たぶん引きずりこまれます」

大河内の返答はごく短く、

「わかった」

であった。


「……そこまでが、昨夜の顚末《てんまつ》です」

語り終え、森司は熱いコーヒーで舌を湿した。

「今朝大河内さんにメッセージを送ったら、ちゃんと返事がありました。でもやっぱり心配なんで、あとで訪ねるつもりです」

「んじゃぼくも行こっかな。泉水ちゃん、今夜はバイトないでしょ？　車出してよ」

部長が従弟《いとこ》を振りかえる。

「おれはかまわんが、こんな大勢で行って大丈夫なのか」

「うるさくしなきゃいいんじゃない？　八神くん、大河内さんに連絡しといて。『部員の五人でうかがいます』って……、いや」

部長は言葉を切り、「六人かも」と言いなおした。

部室の引き戸が勢いよく開く。

あらわれたのは藍であった。戸口の前で髪に積もった雪と靴底の雪を落とし、ロングコートをひるがえして入ってくる。

「あー、さっぶ！」

一声叫んで、部長のマグカップを指した。

「あたしにもココアちょうだい！　こよみちゃんのコーヒーも美味《おい》しいけど、今日はココアの気分。容赦ない量の糖分で癒《いや》されたい」

「ちょっと待って。いま練るよ」

部長がいそいそとバンホーテンの袋を取りだした。ココアを練りはじめる部長を後目《しりめ》に、藍が椅子に腰を下ろす。

「八神くん、鈴木くん。恒子さんが『二人によろしく』って言ってたわ。それとね、例の詐欺の犯人から、反省の弁をつらつら綴《つづ》った手紙が届いたんだって。どう考えてもそれ、被害者側をほだして示談にしたい弁護士の入れ知恵よね」

「そういう手法、よく聞きますね」

部長にバニラオイルを渡し、こよみが相槌《あいづち》を打つ。

「とくに少年事件では、駄目もとで反省の手紙を書かせるケースが多いそうです」

「まさにそれ。犯人は、十七歳の無職少年だったの」

藍が指を鳴らした。

「恒子さんが『反省してるみたいだし、どうしよう』と迷ってるから、カメラアプリで文面を撮って送ってもらったのよ。で、読んでみたら、しおらしいのはうわっつらだけ。文章の主旨は『ネットがデマだらけなのが悪い。おれは悪くない』だったわ。『老害どうこうとSNSがうるさいから影響された。おれだって、ネットにだまされた被害者だ』って、恥ずかしげもなく書いてあるの」

「弁護士はチェックせえへんのかな」と鈴木。

「した上であれなんでしょ。さっきも言ったけど、文章のトーンだけはしおらしいのよ。〝両親が共働きで、孤独だった幼少期〟についても連綿と書いてあったしね。さらっと読めば、いかにも反省してるように取れちゃうの」

「文章の妙だね。というか弁護士が考えた文面を、少年は清書しただけだったりして。そのほうが可能性高そう」

部長がクリーム山盛りのココアを藍に差しだした。

「というか、共働き家庭なんて普通ですよね？　おれんちもそうだし」

森司は首をかしげた。

「とくにわが県はひと昔前まで大半が米作農家だったから、一家総出で働くのがデフォでしょう。共働きを犯罪の言いわけにするのは苦しいんじゃ？」

「そうよね。やっぱ都会出の弁護士の作文かな」

腰を下ろし、藍はココアをひと口飲んだ。

「んー、激甘《げきあま》。最高」

部長に向かって親指を立てる。

「でね、その手紙に個人情報のヒントがいくつかあったから、犯人のＳＮＳを後輩に探してもらったの。速攻で見つかったわ。『老害は社会のお荷物』だの『年寄りの福祉のために若者が搾取されている』だのの書き込みばっか。というかこれは穏当なほうで、口に出して言えない系のネットミームで埋まってた」

「それ、恒子さんに送った？」と部長。

「もちろん。『最終的に決めるのは恒子さんだけど、判断材料にしてください』って添えて、ひどすぎる書き込み以外は全部送っといた。次の日曜に息子さんとお孫さんが来るから、三人でよく読んで考えるってさ」

「そっかあ」

部長が腕組みした。

「八神くんといい藍くんといい、善行に励んでるなあ。ぼくも見習いたい」

「ボランティアしなさい。まずは雪かきからね」

と藍はいなして、

「あ、それとストーカーの正体がわかったわ」と言った。

「えっ！」

こよみと森司が異口同音に叫ぶ。

「捕まえたんですか？」

「藍さんみずから、現行犯逮捕ですか」

「逮捕はしてないけど、けっこう意外な人物だったな」

苦笑して藍はつづけた。

「でもストーカーの実体を暴いたおかげで、ひとつアイディアが浮かんだのよ。よかったら聞いてくれない？」

10

大河内家のリヴィングに規則正しい寝息が響く。

ソファに横たわる、鈴木と黒沼部長の寝息だった。森司だけがまだ起きていて、大河内の向かいに座っている。

時刻は午後十一時半をまわった。

三人が大河内のマンションに着いたのは午後八時過ぎのことだ。大河内は、十八年ものののシーバスリーガルで歓待してくれた。

森司と大河内の間に、もはや会話はなかった。たまにグラスを口に運ぶのみで、お互い無言である。いさかいがあったわけではない。気まずくもなかった。彼らはただ、待っていた。

ぴくり、と森司の肩が跳ねた。

目を上げ、彼は大河内に合図した。

〝影〟の登場であった。

その〝影〟は、『ＫＵＫＫＡ』で見たものよりずっと薄かった。煙草の煙と見まがうほどであった。だが森司が目を凝らすうち、みるみる濃く、黒くなった。

濁った瘴気《しょうき》が渦を巻き、人に似た影をかたちづくっていく。

――しん、で。

〝影〟がささやいた。

その声音は、やはり後悔の色を帯びていた。

――しんで。いっしょに、しんで。

――ひとりは、いや。

口調は懇願だった。けっして命令ではなかった。ともに死んでほしい、とのみ乞《こ》うていた。

――いっしょに、しんで。

森司は確信した。この声、この気配、確かに覚えがある。

先日このマンションに来たときは、部屋にたかる有象無象どもが多すぎた。気配を判別できる状態ではなかった。だがいまならわかる。

大河内は目を糸のように細め、口を結んでいた。〝影〟が視えてはいない。しかし、声は届いているらしい。

――しんで。おれも、いくから。……いっしょ、に。

声が「死んでくれ」と懇願する相手は、大河内ではなかった。

だが大河内に聞かせようとしていた。彼に聞いてほしいと願っていた。それは間接的な、同時に一方的な懺悔《ざんげ》であった。

大河内が勢いよく立ちあがった。鋭い一声が洩《も》れた。

「やめなさい、膳場くん!!」

大喝だった。空気がびりびり震えた。

室内が、一瞬凍りつく。

次の刹那《せつな》、〝影〟はふっと消えた。逃げるような消えかただ。いや、実際逃げたのだ、と森司は察した。

寝たふりをしていた部長がはね起き、スマートフォンに叫ぶ。

「泉水ちゃん！」

ここにいない従弟《いとこ》に向けた合図だった。

森司は窓に走った。サッシを開ける。雪まじりの夜気が吹きこんで、容赦なく頬を叩《たた》く。酔いが一気に覚めるのがわかった。

遠くからパトカーのサイレンが響いている。

膳場の住所は、大河内から事前に聞いていた。間違いなく膳場家の方角に向かっている。数分前に、こよみから通報してもらったのだ。刃物を出して迫る男性を見ました。

父子《おやこ》の無理心中です――と。

「大丈夫だ」

スピーカーにした部長のスマートフォンから、低い声がした。

膳場家の前で待機していた泉水であった。

計画どおり心中現場――いや、膳場家に駆けつける役目をまっとうしたらしい。電話越しにも息を切らしている。

「大丈夫だ。警察が、間に合った」

声の後ろで雑音がひどい。

「おれがガラスを割って飛びこむまでもなかった。大河内さんの一喝が効いたんだ。包丁を振りかぶったとき、膳場の動きが一瞬止まった。その隙に息子が身をかわし、刃は腕をかすっただけだった。いまは警官に手当てされている」

語尾に、救急車のサイレンが重なった。

「おれは善意の目撃証人として、ちょっくら警察と話してくる。誰も死んじゃいねえし、小一時間で帰れるだろう」

「わかった。ありがとう」

通話を切り、部長は大河内に向きなおった。

「ご心配なく。この件に関しては、大河内さんは完全なとばっちりですよ。不運なめぐりあわせで巻きこまれただけです」

「〝この件〟というのは……。例の、住人がらみなのか？」

しわがれた声で大河内が問うた。

「わたしと似ていたという、亡くなったこの四階の住人？」

「そうです。ちなみに彼は、膳場さんの顧客でもありました」

以下は恒子が集めた情報である。

自殺したという四〇六号室の元住人は、確かに虎の子の貯金を失っていた。しかし原因は特殊詐欺でも近隣トラブルでもない。投資に失敗した結果であった。

――長年付き合って、信頼していた銀行員にだまされた。

と、彼は生前に嘆いていたという。

「その銀行員が、膳場くんか」

「そうです。ノルマに苦しむうち、膳場さんは良心を失《な》くしていったようですね。すくなくともクライアントファーストの精神は失った」

部長はまぶたを伏せた。

「膳場さんははじめて八神くんたちと会ったとき、訊《き》かれもしないのに四階のトラブルについて語り聞かせた。『いやがらせしたほうの住人は？』と尋ねると、膳場さんはこう答えたそうです。『二年ほど前に亡くなった。こう言っちゃなんだが、大河内さんはちょっと似ておられるんだ』

こんな言いかたをしたら、誰だって〝いやがらせしたほう〟が大河内さんに似てたと思いますよね？　だが実際は、あなたに似ていたのは元顧客のほうでした。資産のあらかたを失い、命を絶った四〇六号室の元住人です」

初対面なのに、膳場はおしゃべりすぎた——。森司はひとりごちた。

銀行員にあるまじき口のかるさだった。森司の口から大河内へ伝わるのを期待するあまり、気がはやったのだろう。

「つまり膳場くんは、お客に投資詐欺すれすれの真似をしてたのか」

と大河内。

「そういうことです。でも直接の死者は、四〇六号室の元住人がはじめてだったんじゃないかな。さすがに彼も良心が痛んだんでしょう。さらにそこへ、一人息子の自白が重なった」

「自白？」

「ええ。われわれは膳場さんの息子のSNSを見つけました」

部長はスマートフォンを取りだした。

「ウェブ上で息子は、『特殊詐欺の受け子をした』と自白していました。そしてこうも書きこんでいた。『近ぢか警察に自首するつもりだ』とね」

——公民館で、おれとぶつかりかけた青年だ。

SNSの詳細な告白でわかった。あのときの青年が膳場の息子だったのだ。公民館を包む瘴気に当てられ、常の十倍ほど反省させられた彼は、目を真っ赤に泣き腫《は》らしていた。

思いかえせば膳場は、息子についてもずるい言いかたをした。「ほんとうなら息子も大学生のはずだった」などと、故人だと勘違いさせる言葉を選んでいた。

——しかし実際には、息子は存命だった。

ただ早々に落ちこぼれ、高校を中退して、膳場の望むような半生を歩めなかった。

黒沼部長がつづける。

「わが部の元副部長が、すこし前に特殊詐欺の被害を防ぎましてね。膳場さんの息子は、その犯人と相互フォロワーだったんです。彼らの空間で、お年寄りは『老害』と呼ばれていた。『やつらの金を吐きださせろ。経済をまわせ』と、詐欺が正義であるかのような言いぐさを横行させていた。膳場さんの息子は、それを真に受けたんです。いわゆるエコーチェンバー現象ですね」

「しかし、息子さんは改心したんだろう？　さっき自首を考えている、と……」

「ええ。彼はいまや改心し、反省しています」

部長はうなずいた。

「きっかけは公民館での『被害者の会』の講演です。膳場さんの息子は、面白半分に参加した。まんまとだまされた馬鹿な年寄りを、直接見て嘲笑《あざわら》うつもりだった。——しかし彼が想像したような〝老害〟など、一人もいなかった。みな爪に火を点《とも》すようにして生きてきた人たちでした。切りつめて切りつめて孫の学費を貯《た》め、なけなしの貯金から自分の葬式代だけ分けてとっておく、そんな人たちばかりだった。ＳＮＳで囃《はや》したてられたような『金をちょっと失ったくらいじゃ、痛くもかゆくもない老害』の姿は、そこにはなかった」

「過去の書き込みによれば、もともとおばあちゃん子だったようです」

森司は口を挟んだ。

「母親を早くに亡くして、父親と祖母の三人暮らしだったみたいです。しかし父親の異動に合わせ、転校ばかりの日々でした。頼りの祖母は中学生のとき亡くなり、いつしか悪い仲間とつるみはじめたんです」

「時系列としては、まず四〇六号室の元住人が自殺した。次いで大河内さん、あなたが越してきたと膳場さんは知った」

部長が言う。

「自殺させてしまった顧客とおもざしの似た——すくなくとも、膳場さんにはそう見えた——あなたの登場に、弱りつつあった彼の心は打撃を受けました。線香がどうのと再三訪れたのは、一種の代償行為でしょう。しかし不運は重なるもので、なかなかタイミングが合わなかった。おまけに息子からは、『自首したい』と打ちあけられた」

「青天の霹靂《へきれき》だったろうな」

大河内が嘆息する。

部長は「そりゃあもう」とうなずいた。

「自分はお年寄りの顧客をだまし、財産を奪って死なせた。そこへあなたがあらわれた。息子はといえば、お年寄り相手の詐欺に手を染めた。すべては繫《つな》がっている、と膳場さんは考えたんです。彼は心を病みかけていた。自分の思いこみにとらわれ、抜けだせなくなってしまった」

そして膳場さんは、父子心中を考えた――。

部長は言った。

「息子が特殊詐欺で逮捕されれば、彼の銀行員としてのキャリアは終わりです。そしてキャリアの終わりを、人生の終わりと考える中高年男性はすくなくない。人間というのは因果なものでね、一度死を考えると憑《つ》かれてしまう。一日じゅう、死による安息しか考えられなくなってしまう」

「死ぬ前に、彼はわたしに懺悔《さんげ》したかったのか？」

大河内が問うた。

部長は首をすくめて、

「あなたに、なのか、四〇六号室の元住人になのかはわかりません。ともかく彼の思念は生霊を生んだ。〝磁石〟のあなたは、彼だけでなく雑霊をも引き寄せた。雑霊どもは八神くんのお母さんの力で散りましたが、最初からあなた目当てだった膳場さんは残ったんです」

「膳場くんは、どうなるんだろう？」

大河内は悲しげだった。

「家族間だし、未遂ですからね。不起訴で済むと思います。今後は行政の指導のもと、精神科を紹介されるか、カウンセリングで済むか……。ただ、息子さんの逮捕はまぬがれないでしょう。初犯だろうから、執行猶予が付くと思うけど」

部長の声を背に、森司は窓を閉めた。

サイレンはもう聞こえない。

二月の雪国が、ガラスの向こうでしんと冷えきっていた。

11

その日は、空気の乾いた冬晴れだった。

融《と》け残りの雪が泥と混じり、あちこちで固く凝《こご》っている。青空が覗《のぞ》いても気温は低く、鳥の声さえ聞こえない。

一周忌法要を終え、大河内が本堂から出てきた。オカ研の六人は、霊園の入り口で彼を迎えた。

大河内そよ子の墓は、高い樫《かし》の根もとにひっそりと立っていた。

「――膳場くんから手紙が届いたよ」

墓石の雪を払い、大河内が言った。

「きみたちに礼を伝えてくれ、と書いてあった。ほら、彼の父子心中を止めたのは〝わたしの甥《おい》っ子とその知人〟という設定になっているから」

森司に向かって目を細める。

「無理心中にいたる経緯は、おおむねきみたちの想像どおりだった。息子さんから突然『自首したい。警察まで付き添ってほしい』と言われ、彼はパニックになってしまった。また息子さんは、こうも言ったそうだ。『公民館の講演で、被害者のお年寄りたちを実際に見た。ネットで見た情報と違って、うちのお祖母《ばあ》ちゃんみたいな人たちばかりだった。それから毎日講演に通っている。やめられないんだ』と」

「膳場さんは、自首を止めたかったんですよね？」

森司は尋ねた。

大河内はほろ苦く笑って、

「もうすこしよく考えろ、と諭したようだ。頭の中は保身でいっぱいだった。だが同時に、みずからを悔いてもいた。彼は『息子の情操教育に、一番よくなかったのはおれだ。おれの生きざまこそが、息子に悪影響を与えたんだ』と考えた」

「例の、投資の件ですね」

「そうだ。ノルマのため顧客から貯金を巻きあげてきた己を、彼はかえりみた。『おれが息子に見せてきた背中が、この結果だ』と激しく悔やんだ。膳場くんは善人じゃないが、完全な悪党でもなかった。だからこそ思いつめたのさ。『自首させるくらいなら、

「マンションの前でわたしを見た瞬間、『例の顧客が化けて出た』と膳場くんは思った
らしい。その時点で、そうとう神経が参ってたんだろう」
大河内はつらそうだった。
「手紙の最後に、膳場くんはこう書いていた。『何度もしつこく訪問して、申しわけあ
りませんでした。あなたに無意識に甘えていたようだ。生前の奥さんにも、お世話にな
りました。奥さんと会うと、いつも不思議と気が晴れた。いま思えばわたしはあなたよ
りも、あなたの奥さまに懺悔し、甘えたかったのかもしれない――』とね」
「素晴らしい奥さまだったんですね」
部長が微笑んだ。
「ああ。わたしにはもったいない妻だった」
大河内が笑いかえす。
「いや、今日はほんとうにありがとう。おかげさまで墓参がにぎやかになった。一周忌
だというのに、妻に寂しい思いをさせるところだったよ。こんな若い人たちが、まさか
六人も来てくれるとは……」
「もっと来ますよ」
藍が言った。
「え？」

大河内が目をしばたたく。

森司は首を伸ばし、本堂の向こうの駐車場を見やった。

ワゴン車が二台、入ってきて停まる。後部座席がひらき、人がわらわらと降りてきた。

四人、五人、六人……。いや、もっとだ。

みな、手に仏花を携えていた。三十代後半から四十代といったところか。大半が女性であった。

「こちらです」

いつの間にか本堂の脇に立っていた女性が、手を挙げて彼女らを先導した。

みな、歩いてくる。そよ子の墓に近づいてくる。森司が目視で数えたところ、全部で二十人近くいた。

先頭の女性が、大河内に尋ねた。

「こちら、そよ先生……いえ、旧姓篠原《しのはら》そよ子先生のお墓で間違いないですか？」

「え、あ、はい」

うろたえつつ、大河内がうなずく。

「ああよかった」女性が笑顔を見せた。

「遅ればせながら、是非ともお線香を上げさせていただきたく、青京《せいけい》高校女子剣道部三十三期生で参上いたしました」

「女子剣道部……？　と、いうことは」

「はい。そよ先生の教え子です」

彼女が、背後の女性たちを振りかえる。彼女らが口ぐちに言う。

「去年、新聞のおくやみ欄を見て、もしやとは思ったんです。でもご葬儀はとうに終わっていたし、どこへご連絡したらいいかわからなくて」

「高校に問い合わせても『二十年以上前に退職した先生の情報なんてない』の一点張りだったし」

「ずっと気になっていました。というか、つねに心のどこかに引っかかってました」

「今日は来られて、ほんとうによかったです」

「え、あ――……」

風で乱れた髪を大河内が撫《な》でつけて、

「はい。それはありがたいが……でも、どうしてここがわかったんです？」と問う。

「おせっかいながら、わたくしが」

藍が片手を挙げ、

「こちらの方のご協力をたまわりまして」

と、さきほどの先導係を示す。

先導係は、まだ大学生と言っても通る童顔の女性だった。しかしてその正体は県内タウン誌のフォトグラファーであり、かつ〝藍のストーカー〟であった。いや正確に言えば、ストーカーと目された人物だ。

藍に捕まった彼女は神妙になるどころか、

「ネットニュースで三田村さんを拝見して、一目惚《ひとめぼ》れしたんです。いえ、変な意味じゃなくてですね、是非とも被写体になっていただきたいんです。三田村さん、あなたは長年わたしが夢想してきた理想のモデルです。どうしてもあなたを撮りたい。撮らせてください」

と、かきくどいてきたという。

ちなみに部室で視線を感じて森司が窓から飛びだしたとき、取り逃がしたのは、彼女の足が速かったからではない。

森司は〝逃げる男の姿〟を捜していた。すぐそばに立つ女子学生——実際は学生に溶けこんでいたフォトグラファー——は、視野に入れていなかった。種を明かせば、ごく簡単なからくりであった。

藍は「モデルになってもいいけど、その代わり」と条件を出した。

フォロワー数が六桁《けた》のタウン誌アカウントから、こう発信してくれと頼んだのだ。

大河内そよ子の旧姓と渾名《あだな》、いままで勤務した学校名などを明記の上、

『一周忌のご案内です。お心当たりのある方、当アカウントのダイレクトメッセージからお問い合わせください。当方で確認したのち、集合場所や時間などをご連絡いたします』

——と。

「ああ、それでか」

大河内はうなずいた。

「どうりで八神くんが、妻について根掘り葉掘り尋ねてくると思った。知らず知らずのうちに、わたしは情報収集されてたのか」

「すみません。うまくいかなかったら大河内さんをがっかりさせちゃうんで、秘密裡《ひみつり》に進めようと……」

森司は素直に謝った。

「あのう、すみません」

おずおずと教え子の一人が片手を挙げる。

「そよ先生の墓前に、お花をお供えしていいですか？」

「ああ、もちろん。どうぞ置いてください」

慌てて大河内は振りかえった。

「妻は花が好きだった。全部供えてやってください。どうぞどうぞ」

大河内の声は浮きたっていた。と同時に、震えてもいた。寒風のせいではなく、目が充血し、潤んでいるのがわかった。

「いやこれは、嬉《うれ》しい驚きだ。まさかこんなにぎやかな一周忌になるとは。そよ子もきっと、天国で喜んで……」

「まだまだ。もっとにぎやかになりますよ」

先頭の教え子が微笑んだ。

「そよ先生の教え子が、いったい何人いるとお思いです？　ワゴン二台じゃとうてい乗りきれないから、分乗してるんです。自分の車で来る人たちもいますしね。わたしの後輩も先輩も、続々と来ますよ。この規模の駐車場じゃ入りきれないでしょう。近くにコインパーキングがあってよかった」

「え……」

瞠目《どうもく》する大河内の肩越しに、森司は駐車場を見た。

白のバンが入ってくるところだった。次いで黒のセダン、シルバーの軽自動車がつづく。

ミニバン、ＳＵＶ、バン、とたてつづけに入ってくる。駐車した順にドアがひらいて、人が降りたつ。

みな、手に手に仏花を携えていた。

平服が多いが、喪服にコートを羽織った女性もいた。数珠《じゅず》や袱紗《ふくさ》を持つ女性もいた。大半は女性だ。しかし三割ほどは男性だった。

車列に途切れはなかった。静かに、だが続々と入ってくる。

閑散としていた真冬の駐車場が、みるみるうちに人と車で埋まっていく。

「先生の一周忌を教えてくださって、ありがとうございます」

「お花、置ききれないですね。下に置かせてもらっていいですか」

「そよ先生、おひさしぶりです」

「遅れてすみません、先生」

「会いたかった、そよ先生」

「そよ先生」

「そよ先生」

森司は、大河内の隣に立っていた。

教え子の一人一人に応《こた》える彼の声が潤んで揺れ、皺《しわ》ぶかい顔が涙で歪《ゆが》むのを、ただじっと見守った。

冬空の青は、抜けるように澄みきっていた。

第三話　かどわかしの山

HAUNTED CAMPUS

1

いちめん真っ白の雪景色に、赤い花弁がぽつぽつと映えている。おそらくは先週気温の上がった日に、狂い咲いたのだろう芝桜だった。

「……狂い咲きって、冬山で見るとちょっと気味悪《わ》りいな」

「冬山ぁ？　大げさな」

学生時代から変わらぬ友人の横顔に、香月《こうづき》は笑みを投げかけた。

山は山でも、この鷺羽山《さぎばさん》はけっして険しくはない。標高はたかだか五百メートル強。春になれば山菜やわらび採り、秋にはきのこ狩りの入山者でにぎわう。キャンプやバーベキューこそ禁止されているものの、冬以外はハイキングコースとして地元民に人気の山であった。

——ただし真冬は、人の気配すらしない。

杣道《そまみち》は雪で埋もれ、足跡ひとつなかった。春になれば涼しい細流《ささなが》れを聞かせる滝も、なかば凍って芸術的なつららをぶら下げている。

「冬山っていうのは、蓼科山《たてしなやま》とか大菩薩嶺《だいぼさつれい》のことを言うんだ。せめて標高二千はなくちゃな。こんな山、登山好きから見りゃ丘みたいなもんだろ」

「なにを言うか。標高五百だって山は山だ。冬で山なんだから、冬山だ。辞書にだってそう載ってるぞ」

スノージャケットから、友人がスマートフォンを取りだす。ブラウザで辞書を調べようとしたらしい。しかし舌打ちし、すぐポケットにしまいなおした。

「ちぇっ、圏外だ」

「まさか」

香月はまた笑った。

「富士山ですらスマホが使えるご時世だぞ。いまの基地局アンテナは優秀だから、ハイキングコースで電波が入らないなんてことは……」

言いながら、香月もスマートフォンを取りだす。液晶を確認して、目を見張った。

「ほんとだ」

アンテナが立っていない。圏外であった。

「ほれ見ろ」

友人が小気味よさそうに言う。

「きっと冬は電波が入りにくいんだ。BSアンテナだって雪が付くと映らな……それは関係ないか。ともかく、おれの言うことは六割がた正しい」

「たった六割かよ。打率低いな」

ぽんぽんと言い合いがつづく。気が置けない同士特有の、遠慮ない掛け合いだ。

それもそのはず、彼らの出会いは十年以上前にさかのぼる。大学時代に、同じインカレサークルのメンバーだったのだ。

――白央《はくおう》大学UMAオカルト同好会。

それがサークルの正式名称である。ちなみに現在も存続中で、いまや創設四十年を超える老舗《しにせ》サークルとなった。

卒業後も〝同好の士〟として付き合いはつづき、三十代のいまも四割強のメンバーと連絡を取っている。真冬の山にまで付き合う酔狂さは、そんな実績に裏打ちされてのことだった。

「二月の登山なんて、いつぶりかな」

「あれ以来だろ。ほら、八年くらい前の『実録！　イエティ捜索の旅』……」

「ふははは。あったあった、そんなの」

友人の返答に、香月はのけぞって笑った。

――三十年前に消えた伯父《おじ》を、捜したい。

香月が友人の前でそうこぼしたのは、先週の夜だ。

「おれも、あのときの伯父と同じ歳になった。伯父が消えたのと同じ日に、山に入ってみようと思う。三十年の節目に、伯父の足跡を追いたいんだ」

なかばは酔った勢いで発した言葉だった。まさか友人が二つ返事で、

「いいね。おれも付き合うぜ」

と言いだすとは思わなかったのだ。

ともあれそんないきさつで、二人は今日、つまり二月二十二日の午前十時二分に鷺羽山の中腹を歩いている。

さっき「冬山なんて大げさ」と笑いはしたが、香月も友人も装備はしっかり登山仕様で固めてあった。高撥水《はっすい》のトレッキングパンツにスノージャケット。首もとはネックウォーマーで覆い、防水加工のグローブをはめた。雪に足を取られぬよう、スノーシューも装着した。

「……伯父が消えた夜、おれはたった六歳だった」

香月はスノーシューで雪を踏みしめて言った。

「就学前の幼稚園児だった。なのにはっきり覚えてるのは、その夜の記憶が五感に直結してるからだ。香りだよ。クリームシチューの香りとつながってるんだ」

「香りと記憶？　はは、プルースト気取りか」

今度は友人が笑う番だった。

「マドレーヌの香りを嗅《か》いだ瞬間、過去を思いだすってあれかよ？」

「まさにそうだ」

にこりともせず、香月はうなずいた。

「おれの場合はマドレーヌじゃなく、クリームシチューだったのさ。おかげであの独特な香りを嗅ぐたび、記憶を掘り起こされてきた」

「長い付き合いだが、そんな話ははじめて聞いたぞ」

「おまえとクリームシチューを食ったことがないからな」

眼前に突きだした木の枝を、香月は手で払った。

「おれたちが一緒にメシを食うのはたいてい居酒屋か、旅館かホテルだったじゃないか。あとはせいぜいファミレス、ラーメン屋だ」

「なるほど。言われてみりゃ確かに、クリームシチューは家庭料理だな」

友人が納得した。

「コロッケや肉じゃがと違って、居酒屋メニューですらない。ロールキャベツならおでん屋で食えるし、カレーやオムライスもファミレスで食うが、外食でシチューはまず頼まんなあ」

「昼飯に不向きだし、酒の肴《さかな》にもならんものな」

香月は相槌《あいづち》を打った。

自然と、はるか三十年前の記憶に心が飛んでいく。

具は豚肉と玉ねぎとブロッコリーという、ごくオーソドックスなシチューだった。強烈に覚えているのは香りだが、横に添えられたサラダの緑、トマトの赤、端が焦げたトーストの狐いろさえ、ぼんやり思いだせる。

その夜、幼い香月は怯《おび》えていた。

大人がみな、常ならぬ大声を出していたからだ。

男衆が怒鳴っていた。祖母は床にへたりこみ、父は目を血走らせていた。母は彼らの間で、おろおろするばかりだった。

「兄貴のやつ……まったく、どこまで面倒を……」

「……そんげこと言わんでやって。……あの子も難儀らったんて……」

哀願するように祖母が言う。

父が祖母をあんな目で睨《にら》むのははじめてだった。日ごろ陽気な父に似合わぬ、冷ややかな視線。ちいさな罵言《ばげん》と舌打ち。そのかたわらでシチューはどんどん冷め、表面に薄い膜を張っていった。

「消防が山に、捜索隊を出してくれるってよ。おれらも行こでや。……見つかるかはわからんども、やることはやらんばな……」

「やっぱり山はおっかねえ……。まさかまた、神かくしとは……」

――神かくし。

その言葉に香月はすくみあがった。怯えとともに、奇妙な確信がせりあがる。

――ついにだ。

――ついに山が、伯父さんを捕まえた。

香月がもの心ついたとき、伯父はすでに山に憑《つ》かれていた。虚空に視線を向け、尻《しり》を床にぺたりと落とし、呆《ほう》けた声でいつもつぶやいていた。

失踪《しっそう》であった。

　〝山〟とは、香月家から徒歩十分の距離にそびえる鷺羽山である。

　香月が生まれる十年前、伯父は鷺羽山に登った。そして心を失《な》くして帰ってきた。十六年が経ってもわれに返ることなく、窓越しに山ばかり見ていた。その果ての、突然の失踪《しっそう》であった。


「……冷めていくシチューを嗅ぎながら、六歳のおれは、ずっと考えていた」

　三十六歳の香月が、スノーシューの先端を雪に刺す。

「神かくしってなんだろう？　人間を誘って隠してしまう神さまとは、いったい何者なんだろう？　とな」

「やっぱり〝AA〟じゃないか？」

　友人がぽつりと問う。

「おれもそう疑った」香月は首肯した。

「いや、いまも疑っている。だからこそ、ここへ来たんだ」

　香月が〝AA〟を知ったのは、小学校の図書室でだった。学研が発刊していた『ミステリー百科』シリーズの一冊である。

　読んだ瞬間、目の前がひらけた気がした。これだ、と拳《こぶし》を握った。

　以来、彼は超自然科学とオカルトに魅了されてしまった。

図書室にある関連本はすべて読みあさった。足りないぶんは、小遣いとお年玉で買いそろえた。いい顔をしない親の目をかいくぐり、毎晩布団にもぐって読んだ。

大学では迷わず『UMAオカルト同好会』に入部した。

香月は白央大学ではなく、雪越大学生だった。しかしインカレサークルゆえ、どこの学生だろうと喜んで迎えてもらえた。

「しっかし、こんな低い山にも来るもんなんだな」

頂上を仰いで、友人が言う。

「高低は関係ないさ。農場や道路や砂漠にだってやつらは来るんだから」

「平地はわかるよ。だって着陸しやすそうだし、真上からよく見えるだろ」

「ああ、確かにこういう山は、上から視認しづらいな」

寒さでまわりづらい口を動かしながら、一歩一歩踏みしめて登る。どこかでルリビタキがかん高く鳴いていた。

さらに数メートル進むと、ごく細い脇道があった。

急勾配《きゅうこうばい》ながら、夏なら早道にも使えそうな脇道だ。だが通行止めを示すように注連縄《しめなわ》が張ってある。積もった雪の重みで、縄はゆるいUの字に歪《ゆが》んでいた。

「そうか、もうここまで来たか」

香月は声を上げた。

「ここを登った先にでかい木があってな。御神木の一種なのか、その幹にも注連縄が巻いてあるんだ。おい、あんまり左に寄るなよ。雪が積もって、崖《がけ》の端がわかりづらくなってる」

「落ちたら洒落《しゃれ》にならんよなあ」

二人でうなずきあった、そのとき。

香月の視界の隅を、黒いものが走った。

人影だ、と悟るまでにゼロコンマ数秒かかった。注連縄の向こうから、誰かが飛びだしてきたのだ。

つんのめるように、〝影〟は頭から香月の肩にぶつかった。香月は重みを慌てて受けとめ、〝影〟の顔を覗《のぞ》きこんだ。

〝影〟もまた首をもたげ、香月を見上げた。

「たすけてください。」

確かに、そう聞こえた。

「わるいひとに、おわれています。」

のちに香月は、そのときの経験をこう述べる。

ぶつかってきた人物が男か女か、どんな顔だったかも思いだせない。声や口調の記憶もない。だがそのときは、助けを求めているように聞こえた。いや、聞こえたように思ったんだ――と。

「大丈夫ですか」

香月は〝影〟の肩に手をかけた。

彼の目には、人影は斜面をまっすぐ駆けおりてきた。ぶつかった衝撃からして、転げ落ちんばかりのスピードだったろう。その勢いは「助けて」「追われた」という言葉に、いかにもふさわしく思えた。

〝影〟が、なにか答えた。

「かわいそうに」香月は応じた。

〝影〟がなんと言ったか、やはり後日になれば思いだせなかった。だが、己の感情の動きは覚えていた。相手を気の毒に思ったこと。自分がなんとかせねばと感じたことだけは、生なましく記憶に刻まれた。

「病院に行きましょう。歩けますか？」

〝影〟がまたなにか答える。

「じゃあ、おれが背負いますよ。どうぞ遠慮なく」

香月はしゃがんで〝影〟に背を向けた。

ずしり、と背中に重みがかかった。同時に湿った臭気が鼻を突いた。饐《す》えたような、なまぐさい臭いだ。重みに反して、体温はまるで感じなかった。

「おい。すまんな」

立ちあがり、香月は友人に声をかけた。

「おれから誘っておいてなんだが、今日はここまでだ。すぐ下山して、この人を病院に連れていかなきゃ――」

ふっ、と彼は言葉を切った。

友人の奇妙な目つきに気づいたからだ。彼は頰を引き攣《つ》らせ、怖いものでも見るかのように香月を凝視していた。

香月の胸を、ざわりと違和感が駆け抜けた。

「おい、なにを……」

なにを突っ立って見ているんだ。先導しろよ、とつづけるつもりだった。だがその語尾を、友人がさえぎった。

「――おまえ」

「え？」

「おまえ、さっきから誰と、しゃべってる？」

「誰、って……」

香月は詰まった。

誰とって、見えないのか？　そう訊《き》きたかった。しかし声が出なかった。言うべき問いは、喉《のど》の奥で硬く凝《こご》っていた。

「なにを背負ってるんだ？　そいつは、いったいなんだ？」

友人の顔は、いまや血の気を失って真っ白だった。額に脂汗が浮いている。

こんなに寒いのに――。どこか他人事《ひとごと》のように香月は思った。こんなにも寒いのに、なぜ友人は汗をかいている？　そしておれはいま、なにをしているんだ？

香月はゆっくりと首をめぐらせ、脇道を見た。

おれが背負っている人物は、注連縄の向こうから来たはずだ。斜面を転げ落ちる勢いで、目の前に飛びだしてきたはずだ。

――なのに、注連縄の雪が落ちていない。

斜面には足跡ひとつない。

香月の背に、はじめて悪寒が走った。何者とも知れぬ、体温のないなにかをおぶった背であった。

肩越しに、彼は振りかえろうとした。しかし首が動かなかった。歯が、寒さのせいではなくかちかち鳴った。歯の根が合わない。

「タすけてくダさい。」

耳もとで、声がした。

「わルいヒとに、おワれていヒま、す」

嘲笑《ちょうしょう》を含んだ口調だった。

と同時に、その声は怒っていた。激しく憤《いきどお》っていた。香月に、友人に――山に立ち入った者たちに対し、火のように憤怒《ふんぬ》していた。

声の音量が、どっと高まった。

「タすけて帰れクダ帰れ帰れ帰れ帰れ帰さイれ」

「わルい来るなヒとに帰れ帰れ、おワ帰れ帰れ帰れれていま帰れ来るな帰れ帰れす来るな」

きぃぃん、と耳鳴りが脳に刺さった。

香月は悲鳴を上げ、その場にくずおれた。背負ったなにかの爪が、両の肩に食いこむのがわかった。鋭い痛みが走る。

〝影〟が発する言葉は、もはや聞きとれなかった。

だが「帰れ」と言われているのだけはわかった。脳を直接掴《つか》まれ、揺さぶられる気がした。それが発散する怒りと怨《うら》みを、痛いほど感じた。

香月はいまや耳を両手でふさぎ、まぶたをきつく閉じていた。なのに、背後のそれが いやでも視えた。

視界の八割を占めるのは、げたげたげたと笑う真っ赤な口だった。

すこしも愉快そうではない哄笑《こうしょう》だ。やはり、強い怒りを感じた。

香月の意識が、ゆっくりと遠くなった。


次に目を覚ましたとき、香月は病室にいた。

大部屋のベッドに仰臥《ぎょうが》し、腕には点滴の針が刺さっていた。

「どこまで覚えていますか？」

と医者に訊かれた彼は、正直に答えた。

「友人と鷺羽山に登って……、五合目あたりで、誰かに助けを求められた気がします。それが最後の記憶です」と。

鎮静剤で、香月は一晩とろとろと眠った。

翌朝、起きてすぐに「退院していい」と言われた。大きな怪我はなく、脳波も異常なしだったという。ただ顔は擦り傷だらけで、手足のあちこちに大きな青痣《あおあざ》があった。

車で迎えに来てくれた友人いわく、

「注連縄を見た直後から、おまえはおかしくなったよ。見えない誰かと会話しはじめたかと思うと、登ってきた道を猛スピードで駆けおりはじめた」

ちなみに顔の擦り傷は枝葉に当たったせいで、青痣の大半は転んだせいらしい。香月にとっては、どれもまるきり記憶にない傷であった。

ハンドルを握る友人に、「なあ」と香月は助手席から尋ねた。

「おれはあのとき、なにを背負っているように見えた？」

「わからない」

友人はかぶりを振り、言った。

「わからないが、大きな黒い靄《もや》のようだった。人のかたちと言われれば、かろうじて人にも見えた。そいつとしゃべってる間、おまえがにやにやと嬉《うれ》しそうで、そのことのほうが怖かった」――と。

友人はポケットを探り、

「それから、これ」

左手で差しだしてきた。

「下山してぶっ倒れたとき、おまえが握ってたものだ。意味はわからんが、いちおう渡しておく」

受けとって、香月はそれをまじまじと見つめた。

次いで、呻《うめ》き声を低く洩《も》らした。

2

雪大オカ研の部室を見まわすと、感激もあらわに来客は叫んだ。

「いやあ、まさか母校にオカ研ができたとは！　自分の手で創部するのは盲点だった。おれは馬鹿だから、考えつきもしなかったよ」

男は香月朔《はじめ》と名のった。雪大ＯＢであり、白央大ＵＭＡオカルト同好会のＯＢでもあるという。

三十六歳にしては若わかしい人だな――。森司は思った。

明るい茶に染めた髪はふさふさだし、ファストファッションで固めた服装も、日焼けした顔も年齢不詳だ。自由業で独身だというから、そのせいかもしれない。

「白央のオカ同さんとは、オカ研《うち》はまた趣が違いますから」

黒沼部長がにこやかに応じた。手にした愛用のマグカップでは、やはり熱いココアが湯気を立てている。

部室には彼のほか、森司、こよみ、鈴木が揃っていた。

「ところで、播磨《はりま》会長はお元気ですか？」

「奥さんともども元気だよ。いまは人生八度目のダイエットに挑戦中だ」

こよみからコーヒーを受けとり、香月は微笑んだ。

雪大オカ研と白央大UMAオカルト同好会は、『湖畔のラミア』事件以来の馴染《なじ》みである。

そして今日の会合は、播磨会長から「ぜひに」と頼まれたものだった。

「最初は播磨に相談したんだが、『それはうちの守備範囲じゃありません。雪大のオカ研を紹介するから、彼らに任せたほうが絶対いいです』と言い張られてね。恥ずかしながら、おっさん面《づら》を下げて母校までやって来たよ」

香月は自嘲《じちょう》してから、

「さっき黒沼くんが言ったように、こちらのサークルは心霊系のオカルトがメインらしいね？」

と問うた。笑顔で部長が答える。

「ええ。白央オカ同さんがメインで扱う、UFOやイエティ、ネッシー、ミステリーサークルなどは専門外です」

「それじゃ、神かくしはどうだい？」

ぐっと香月は身をのりだした。だがすぐわれに返ったように、

「いや待ってくれ。ごめん」と首を振る。

「すまない、気がはやりすぎた。そうじゃない。まだ神かくしと決まったわけじゃないんだ。現におれは、ずっと〝AA〟を疑ってきたわけだし……」

「AA？」

森司は目をぱちくりさせた。

だが香月が答える前に、

「まあまあ」

部長が割って入った。

「本題に入る前に、まずはお土産をいただいていいですか？　ぼく、糖分を摂《と》ると頭がよく働くんです。香月さんも糖分とカフェインで落ちついてからのほうが、話しやすいと思いますよ」

香月の手土産は、ネットで取り寄せたという有名店の薄皮クリームパンだった。冬の限定商品だそうで、カスタード、苺《いちご》クリーム、珈琲《コーヒー》クリームの三種が三個ずつ、化粧箱に隙間なく詰まっている。

手にした瞬間〝ずっしり〟と擬音が浮かぶほど、クリームが持ち重りした。なのに軽

やかな甘さで、最後まで飽きずに食べられてしまう。

「失敗したなあ、二種類を誰かと半分ずつにすればよかった」

部長が残念そうに、おしぼりで指の間を拭《ふ》く。

「ついオードソックスなカスタードに手が出たけど、苺クリームも食べてみたいな。えと、あと五個あるってことは、何個残しとけば――」

化粧箱を覗《のぞ》きこみながら、

「それで、香月さん。どなたが〝神かくし〟でいなくなったんです?」

唐突に部長は切りこんだ。

傍の森司にも、香月が虚を衝《つ》かれたのがわかった。

「え、あ、それは……」

香月が視線をさまよわせる。だがやがて、あきらめたように、

「――おれの、伯父《おじ》だ」

ため息とともに肩をすくめた。

「どこから説明しようか悩んだが……そうだな、やっぱりそこから話したほうがよさそうだ。伯父は父の実兄で、名は耕助《こうすけ》という」

「ご長男ですか?」

「ああ。本来は跡取りのはずだった。しかし若いうちに神かくしに遭い、次男である父にお鉢がまわったんだ。……跡取りと言っても継ぐ財産なんかないし、面倒を背負いこ

まされただけさ。だから父は、いまも伯父を心のどっかで恨んでるよ」

　部長は言葉の後半を無視し、

「〝若いうちに神かくしに遭い〟ですか」

　と首をかしげた。

「ということは、当時の伯父さまは十代後半から二十代前半ですかね。いまから四十五年くらい前？」

「当たってるよ。だが同時に、はずれでもある。伯父が完全に消えたのは、三十年前のことなんだ。いまのおれと同じ三十六歳だった」

　謎めいた言いかたをして、香月は薄く笑った。

「なんだ、三十六なら若くないじゃん、と思っただろ？　だがさっきの説明も嘘じゃないんだ。なぜなら伯父は、その十六年前にも神かくしに遭いかけた。そのときは、命からがら帰ってこれたがね」

「ほう」

　黒沼部長は指で眼鏡をずり上げた。

「これは、脳にもっと糖分が要りそうです」

　言いながらクリームパンをひとつ摑《つか》み、半分に割る。目当ての苺クリームだった。目を細め、部長は言葉を継いだ。

「ところで香月さん、なぜそんなにお話ししづらそうなんです？」

「え」

香月はふたたび目を見張って、

「ああ、いや……そう見えるなら失礼」と謝った。

「べつに、きみたちに他意があるわけじゃないよ。ただその、つづきを説明するとなると、身内の恥だけじゃ済まなくなるから」

「なるほど」

部長は首肯した。

「ほかにも、神かくしに遭われた方がおられるんですね」

「……播磨の言ったとおりだな。黒沼くんは察しがよすぎる」

だが話が早くて助かるよ、と香月は苦笑して、

「伯父の、恋人だった女性だ」

と言った。

「名を井桁鏡子《いげたきようこ》さんという。四十六年前に伯父は保護されたが、彼女は消えてしまった。伯父も鏡子さんも、雪大の二年生だったそうだ」

「じゃあうちの大先輩じゃないですか。ますます興味が湧いてきました」

部長が勢いづく。失礼と取られかねぬ言葉だったが、

「だろう？　親近感が湧くよな」

香月は真顔で応じた。

「おれも、雪大に合格できたときは嬉《うれ》しかったよ。消えた伯父に、すこしでも近づけた気がしてね。伯父の失踪《しっそう》は、おれの人格形成に大きな影響を与えている。おれがオカルトに傾倒したのも、幼い脳に伯父の一件が染みついていたからだ」

「あのう、いったい四十六年前になにがあったんです？」

森司は焦《じ》れて口を挟んだ。部長と香月は変人同士うまく通じあっているが、傍《はた》からはじれったいだけである。

「ああすまない。ことの起こりは四十六年前の五月だ。耕助伯父と鏡子さんは、ハイキングコースのある山でデートした」

香月が答えた。

「しかし戻ってこれたのは耕助伯父だけだった。鏡子さんはそのまま失踪してしまった。その後、大規模な捜索をしたが鏡子さんは見つからず、伯父は拉致《らち》監禁もしくは殺人の容疑をかけられた」

「さ、殺人容疑……」

森司はつばを呑《の》みこんだ。

ぶっそうな単語だ。とはいえ、当然だろう。二十世紀の日本で人ひとり消えて「神かくしです」で済むわけがない。警察が動いたに決まっている。

「失踪現場は、鷺羽山。うちの実家近くの山だった」

静かに香月はつづけた。

「けっして遭難するような険しい山じゃない。だが何百年も前から、神かくし伝説がある山でね。子どもが消えてから何十年も経って戻ったとか、花嫁が山に呼ばれて失踪しただとか、そんな逸話だらけなんだ。若い伯父は当然、そんな非科学的な話は信じちゃいなかった、だからこそ恋人と山に登ったんだが……」

「しかし、恋人さんは消えた」

部長があとを引きとる。

「そうだ」

苦い顔で、香月は首を縦にした。

「見つかった伯父は、頭から血を流し、腕と肋骨《ろっこつ》二本を折っていた。おまけに山に入って以後の記憶を失っていた。村の駐在さんは『そういえばあの日、山の方角で奇妙な火の玉を見た』と証言したそうだ」

「火の玉ねえ」

部長が首をかしげる。

「失礼ながら、伯父さんは逮捕されたんですか？」

尋ねたのは森司だった。

香月がかぶりを振る。

「いや、勾留《こうりゅう》されただけだ。証拠不十分で逮捕まではいかなかった。しかし釈放され、一年間の療養を経ても、伯父はもとの伯父には戻らなかった。屍《しかばね》同然になってしまったんだ。泣きも笑いもせず、一日じゅう床に座りこんで、山を眺めるだけの抜けがらさ。当然、復学も就職もできなかった」

香月は首をすくめた。

「その頃の伯父を、おぼろげながら覚えてるよ。『山が呼んでる』って、そればかり言うんだ。ぼうっと焦点の合わない目で『呼んでる。山が呼んでる』とね。他の言葉は、およそ聞いた記憶がない。……そうしておれが六歳の冬、家人が目を離した隙に、伯父は消えた。それきり二度と帰らなかった」

「失礼ながら、ご遺体は？」と部長。

「発見されなかった。捜索隊が出たが、駄目だったよ。井桁鏡子さんも耕助伯父も、いまだ見つからずじまいだ」

香月はコーヒーをぐいと呷《あお》った。

「山の規模からいって、見つからないはずはないんだ。常識的な人びと——いや、常識にとらわれた人なら、『人目に付きづらい割れ目や洞に落ちたんだ』と言うだろう。『GPSなどない時代だったから、しかたない』とも言うだろう。だが小学生のおれは、納得いかなかった。納得いかないままに考えて、考えて……自力でたどりついた答えが、〝AA〟だった」

「すみません。そのAAってなんなんです？」

森司はいま一度訊《き》いた。しかし香月が答える前に、

「エイリアン・アブダクション」

黒沼部長が言った。

「さっきも言ったとおり、オカ研《うち》の——というかぼくのオカルト知識は、心霊関係に偏っていましてね。宇宙人やＵＦＯ関係はくわしくないんです。でもさすがに、エイリアン・アブダクションくらいは存じていますよ」

——エイリアン・アブダクション。

そこまで言われれば、さすがの森司にもわかる。

直訳すれば〝異星人の誘拐〟だ。つまり、宇宙人にさらわれる現象である。

「ＵＦＯという概念が一般に広まったのは、やっぱり一九四〇年から五〇年代にかけてですかね？　アーノルドとかアダムスキーとか」

部長が話を振った。

香月が首肯する。

「ああ。彼らに先立って、十九世紀には円状の未確認飛行物体がすでに確認されているけどね。一八七八年には、テキサス州で円盤状飛行物体が目撃された。未確認飛行物体に対し〝円盤〟という言葉が使われたのは、これが最初とされている」

あまりにスムーズな受け答えであった。

「やっぱり」と森司は確信した。

——香月さん、やっぱり部長の同類だ。

ジャンルこそ微妙に違えど、同じく蘊蓄《うんちく》語りたがりのオカルトマニアである。

部長が問いを継いだ。

「〝空飛ぶ円盤〟というフレーズができたのは、アーノルド以後ですよね？」

「そうだ。一九四七年にワシントン州のケネス・アーノルドが、〝編隊を組んで飛ぶ九つの円盤〟を目撃したことから、〝空飛ぶ円盤〟なるキャッチーなフレーズが広まった。おかげで、というかそのせいで目撃証言が爆発的に増え、それ以後ＵＦＯに対する証言は玉石混淆《こんこう》になってしまう。有名になりすぎて、一種の集団ヒステリー的狂騒が起こったんだな」

「アメリカの空軍機Ｆ51マスタングが、謎の飛行物体に撃墜されたのもその頃でしたっけ？」

「翌年《よくとし》の一九四八年だよ。アーノルドの目撃証言。〝空飛ぶ円盤〟というフレーズの流行。そしてマスタングの謎の撃墜。これらがたてつづけに起こったことで、一気にＵＦＯムーブメントが起こった。大流行したのさ。しかしこの時点では〝目撃〟にとどまっており、ＵＦＯないし異星人と接触した者はいなかった」

「なるほど。そしてアダムスキーの段階に入るんですね」

「ああ。ジョージ・アダムスキーの『カリフォルニア州の砂漠で、ＵＦＯと接触した』との証言が一九五二年だ。彼が言うには、乗っていたのはきわめて友好的な金星人だったらしい。とはいえアダムスキーは人格に問題が多く、現在では彼の証言はほぼ信用されていないね」

「とはいえ〝アダムスキー型ＵＦＯ〟なんて言葉はいまでも残ってますから、ある程度の功績は認めるべきでしょうけどね」

部長はうなずいて、

「それらの〝接触〟を経て、次に訪れた段階が〝誘拐〟ですね」と言った。

「または〝第三種接近遭遇〟および〝最終接触〟とも呼ばれるよ」

香月が応じる。

いまひとつ話に付いていけない森司たちを振りかえり、

「〝ＡＡ〟ことエイリアン・アブダクションの最古と言える記録は、一九五七年のアントニオ・ビラス・ボアス事件だ。夜中まで農場で働いていたボアスが、ＵＦＯに拉致された事件だよ。異星人はアダムスキーが見たのと同じく人間型《ヒューマノイド》で、身長約百四十センチの魅力的な女性だったそうだ。なお異星人は、彼の精子と――」

香月はそこで言葉を切った。

こよみの存在に気づいたらしく、

「失礼。彼の、えー、体液と血液を採取した」

と慌てて言い換える。

「ちなみにボアスの証言も、かなりの紋切り型だ。ＵＦＯは卵型で、異星人は灰色のぴっちりしたつなぎ服を着ていたという。おまけに体液の採取法は、科学《サイエンス》というよりポルノじみていた。しかし、ただのエロティックな妄想では片づけられない事実もいくつか見つかった。医師の診察の結果、ボアスの体からはきわめて高い放射線が検出された。また血液採取のため針を刺されたと主張する顎部《がく》には、そのとおりに極細の刺創があった」

「ほほう、面白い」

思わず森司は合いの手を入れてしまった。

にわかには信じがたい。しかし興味深い話である。第一、霊が視える自分にほかの超常現象を否定する資格はあるまい。

「そして一九六一年、ＡＡとしてはもっとも有名なベティ&バーニー・ヒル夫妻事件が起こる」

香月がつづけた。

「休暇から車で帰る途中、夫妻は山々の背後を移動する不思議な光線に気づいた。その際、双眼鏡で光線を視認したベティは〝巨大な飛行機械〟を目撃したそうだ。その機械にはいくつも窓があり、すくなくとも十数の〝人形《ひとがた》のなにか〟が彼らを見つめかえしていた。直後に夫妻は唐突な睡魔に襲われ、車内で寝入ってしまった。

ふたたび目覚めたとき、二人は寝入ったはずの場所から六十キロも離れた地点にいた。腕時計が停まっており、その間の記憶はまったくなかった。帰宅時間は、予想を二時間以上オーバーしていた」

「つまり二時間ほど、アブダクションされてたってことですか？」

森司は尋ねた。

気づけば、すっかり話に釣りこまれていた。

「結論から言えば、そうだ。記憶の欠落に悩んだベティは精神科医にかかった。精神科医は逆行催眠で、彼女の意識を当該の夜に戻した。取りもどした記憶によれば、夫妻は飛行機械に連れこまれ、皮膚や爪を採取されたらしい。ベティにいたっては、臍《へそ》から体内に探針を入れる検査までされたという」

「臍から針……？　不気味ですね」

「一説には交配種を作るためか、遺伝子操作の人体実験じゃないかと言われてるよ。探針で地球人のＤＮＡおよび卵子を採取したという説だ。なお同じくアブダクションされた女性の中には『猛スピードで授精し、かつ胎児が育つ手術をほどこされた。赤ちゃんを体内から取りだされた』と証言した者までいる」

「いや、聞いてるぶんには面白いですが……」

鈴木が口を挟んだ。

「おれなんかはやっぱり『ほんまなん？』と思うてしまいますわ。言うたらすみませんが、『ようみんな、真面目な顔してそれ聞けるな？』みたいな」

「言いたいことはわかるよ」

香月は首肯した。

「だがまったく離れた土地に住む見ず知らずの人たちが、世界各地で同じ証言をしている、という事実は確かに存在するんだ。デヴィッド・ジェイコブス教授にいたっては、『アメリカ国内だけで、千五百人もの人がアブダクションされた可能性がある』と著作に記している」

「せ、千五百人？」

森司は目を剝《む》いた。

いくらなんでもそれは言いすぎだろう。しかし彼が突っ込みを入れる前に、

「神かくしと同じですね」

黒沼部長がやんわり微笑んだ。

「お互い遠方に住まう見ず知らずの人々が、ろくな通信手段もない時代に、各地で同じ体験をしてきた——。神かくしと呼ばれる不可解な失踪《しっそう》も、そのひとつです。まったく同じ図式だ」

部長は濃いココアを啜《すす》った。

「エイリアン・アブダクションのあと、体験者の多くは変容するそうですね。食べ物の好みが変わったり、急に絵を描きはじめたり、環境運動にいそしんだりする。これは神かくしも同様です。魂の抜けた腑抜《ふぬ》けになったり、逆に異常なおしゃべりになったりと、人格が変わってしまう。記憶も混乱しがちです」

彼は人さし指を立てて、

「ここで重要なのは〝概念〟なんですよね」

と言った。

「まったく同じ体験をしても、概念によって解釈が異なるわけです。異星人という概念を持つ者は〝自分は異星人にさらわれた〟と解釈し、天狗《てんぐ》という社会通念を持つ者は〝天狗にさらわれた〟と思いこむ。ベティ・ヒルは、逆行催眠でみずからの記憶を掘り起こしました。しかし催眠は本人が目撃したものでなく、〝見たと思ったもの〟をよみがえらせるに過ぎません。

だからぼくらにわかるのは、〝正体不明のなにかに一定時間さらわれ、変容した人たちが世界各地にいる〟これだけなんです。そのなにかが異星人なのか神なのか天狗なのか、ぼくらごときに正確な判断はできない。社会と文化が生みだす概念によってしか、解釈がかなわないからです」

「うん。うまく整理してくれてありがとう」

香月が頭を下げた。

「黒沼くんの言うとおりだ。そんなわけで、小学生のおれには神よりも異星人の概念がしっくり来たわけさ。だから伯父《おじ》にまつわる謎を解くべく、ＵＦＯや超能力やＵＭＡといったオカルトに、三十年近く傾倒してきた。だが」

だがここに来て、わからなくなった――。彼は言った。

森司は眉根《まゆね》を寄せた。

「なにがわからなくなったんです？」

「わからなくなったというか、揺れてるのさ。さっき、播磨に諭されてここに来た、と言っただろう。いままでのおれなら、後輩に言われた程度で宗旨変えなんてあり得なかった。母校で創部されたオカ研に興味はあれど、部室を覗《のぞ》いて終わりだったはずだ。こんなふうにぶっちゃけるなんて……いままでのおれじゃない」

香月はまぶたを伏せ、

「神かくしに遭ったものは人格が変わる、か。当たってるよ。〝隠され〟こそしなかったが、あの日の遭遇でおれも変わったらしい」

と言った。

「遭遇、ですか。なにかあったんですね」と部長。

「ああ。先週、おれも鷺羽山に入ったのさ」

香月は素直に認めた。

「三十年前に伯父がいなくなったと同じ、二月二十二日にだ。そうしたら、──おれは、おかしくなった」

「おかしくなった、とは？」部長が首をかしげる。

「もうすこし具体的にお願いします」

「具体的に語りたいのはやまやまだがね。ろくに記憶がないんだ」

香月はこめかみを押さえた。

「一緒に登った友人が言うには、おれは急に錯乱して山を駆けおりたらしい。気づいたときは、すでに病院だった。体じゅう青痣《あざ》だらけで点滴を受けていた。だがそれはいいさ。低体温症での錯乱は、冬山では間々あることだろう」

問題は、下山してからもおかしいことだ——。香月は呻《うめ》いた。

「おれは、伯父にないなるんだ」

暗い声だった。

「三十年前に消えた、耕助伯父になる……ようだ。伯父の人格に憑《つ》かれちまうのさ。その間のことを、おれはまったく覚えちゃいない。だが耕助伯父そっくりの言動をし、鏡子さんの行方を捜しまわる、らしい」

「四十六年前に失踪した、井桁鏡子さんをですね」

「そうだ」

「失礼ですが、それはほんとうに伯父さまの人格ですか？　混乱のつづく香月さんが、〝伯父さまの人格だと思ったもの〟を無意識に演じている可能性は？」

「それはない」

香月はかぶりを振った。

「ないと判断したからこそ、おれはここに来たんだ。なにしろ『おまえは憑かれている』とおれに断言したのは、親父だからな。耕助伯父の実弟で、普段は息苦しいくらいの現実主義者だよ」

鈍く光る目で、彼は部長を見やった。

「なにより鷲羽山から逃げ帰ったあの日、おれは不思議なものを手に握りしめていた。錆《さ》びた、古くさいネクタイピンだ。親父は叫んだよ。『どこでこんなものを』『兄貴のタイピンじゃないか』とね」

「三十年前、伯父さまはそのネクタイピンを持っていかれたんですか？」

「いや、伯父が出ていく瞬間は誰も見ていない。後日、抽斗《ひきだし》を確認したら消えていたんだ。ちなみにネクタイピンは、鏡子さんからの誕生日プレゼントだった」

「そしてそのピンを、いまになってあなたが持ち帰った。以来あなたは伯父さまに取り憑かれ、鏡子さんを捜しつづけている――。と、そういうまとめでいいですか？」

「ああ。それがすべてだ」

香月は椅子の背もたれに寄りかかって、

「すまないが、コーヒーをもう一杯もらえないか。……しゃべっただけなのに、なんだかえらく疲れたよ」

と掌で顔を覆った。

3

泉水と藍が部室にやって来たのは、香月が帰ってのちだった。

「夕飯前に食べちゃいけないと、理性じゃわかってるのに……」

仕事帰りの藍が、苦悩しつつクリームパンの箱に手を伸ばす。その横で泉水が、躊躇《ちゅうちょ》なくパンを二個鷲《わし》づかみにした。

「香月さんが、証拠動画を撮っといてくれたよ」

黒沼部長はUSBメモリをかざした。

「一本目はお父上へのインタビュー。二本目は憑依《ひょうい》状態の夜を撮った動画だそうだ。同好の士だけあって、さすが〝わかってる〟よね。怪異を証明するにはなにが必要か、よく心得てる」

言いながら、部長はノートパソコンにUSBメモリを挿した。タッチパッドで再生をクリックする。

ぱっと画面にあらわれたのは、体格のいい初老の男性だった。

年のころは六十代なかばだろう。座卓を挟んで、カメラの正面に座っている。手もとには熱燗《あつかん》の徳利《とっくり》と盃《さかずき》。酔いで目もとがはっきり赤い。

――香月さんの父親だな。

森司は思った。酔って口が軽くなったところを狙い、隠し撮りしたに違いない。

「……兄貴か。うん、兄貴はなあ」

額をするりと撫《な》で、香月父は話しだした。

「とにかく、おつむの出来がよかった。塾もなーんも行かんで、学校の授業を聞いてるだけなのに、テストはいつもいい点だった。体育だけはいまひとつだったがな」

低く含み笑う。

「だども大人になっちまえば、駆けっこの速さより頭の出来さ。ここらじゃ一番の国立大学に、するっとストレートで合格して……、うん、法学部だったな。末は検事か弁護士かって、みんな期待したもんだ」

「親父は、井桁鏡子さんと会ったことあるんだよね？」

香月の声だった。彼らしき腕が映りこみ、父の盃に酒を注ぐ。

「鏡子さん？　おう、もちろん会ったごたぁあるさ。……ええと、二回？　いや三回だったかな」

香月父は松前漬けを箸《はし》でつまんで、

「美人だったたぁ」

とため息をついた。

「こう言っちゃあれだが、兄貴は頭の出来がいい代わり、見た目がいまいちでな。兄貴の顔、おまえ、覚えてねえか？」

「おれは子どもだったからね」香月が相槌《あいづち》を打つ。

「そっか、そうだな」

香月父は納得して、

「背はおれより七、八センチ低かったし、顔は……ほら、おまえも知っとるだろ？　酒《さか》田《た》の大叔父《おおおじ》」

「知ってる」

「だよな？　うん、あの大叔父にそっくりだった。見るに耐えん不細工ってほどではねぇども、男前にゃほど遠かった。実際、高校まで女っ気ゼロだったしな。そーれがおまえ、大学に入った途端、美人の彼女を連れてきやがったんだ。おれも父ちゃん母ちゃんも、土間で腰抜かしかけたさ」

　ははは、と愉快そうに笑う。

「鏡子さんの写真とか、ないの？」と香月。

「ねえなあ。いまみてぇに、スマホでなんでも手軽に撮れる時代でねがったもの。インスタントカメラもあったかどうかあやしいさ。あの頃は特別な行事でねえ限り、写真なんかあんま撮らんかったな」

「じゃあ鏡子さんは、行事のない平日に来たんだ？」

「だったと思う。一回目は……あ、そうだ。『紹介したいから』って、兄貴がいきなり連れてきたんだ」

　香月父は手を叩《たた》いた。

「母ちゃん──おまえの祖母《ばあ》ちゃんさ──なんか、目ぇ剝《む》いてたな。あとで兄貴に『なんで来るって先に言わねんだ！　掃除もしてねがったに！　あんげいいお嬢さんの前で、恥かいたわ！』って涙目で怒ってたっけ」

「鏡子さんも雪大法学部だったんだよね？」

「そんだ。兄貴と同じさ。美人な上に頭もいいんか、と恐れ入っちまったよ。だども、気さくな人だった。あの頃うちで飼ってた犬が、年寄りでな。半分惚《ぼ》けかけてた。それを鏡子さんが、いとおしそうにずーっと撫でてたんを、妙にはっきり覚えてるさ」

しみじみと香月父は言い、盃を干した。

「ああ思いだしてきたぞ、そんだそんだ、二度目は正月明けに来なさったんだ。おれぁまだ高校生だったからな、お年玉もらったよ。そんで三度目に来たとき、あれが起こったんさ。春になって雪が消えた頃、兄貴と鏡子さんの二人で山に行って……」

「……そして、鏡子さんは帰ってこなかった」

香月がつづけた。

「そんだ」

香月父が、まぶたを伏せてうなずく。彼はまずそうに盃を舐《な》めて、

「兄貴だけが帰ってこれたもんで、そらぁ大騒ぎになったさ。……鏡子さんの親御さんは、兄貴が殺したと決めつけとったなあ。何度も言って悪《わ》りいが、兄貴と鏡子さんは不釣り合いなカップルだったすけな。鏡子さんに別れを告げられ、逆上したんだろうと考えるやつぁ多かった。警察も、そう判断したようだ」

「親父も、疑ったの？」

ためらいがちに香月が問う。

香月父はすこし口ごもって、

「いまだから言うが……、まあ、ちっとはな」と答えた。

「だども兄貴には、そんな度胸はねえよ。おれは弟らすけ、よう知ってる。兄貴はそんげ男でねえんだ。……兄貴があぁなって、長男の役目がこっちにのしかかったせいで、恨んだ時期もあったがな。いまとなりゃ、兄貴は気の毒だったよ。うん、気の毒としか言えねえさ」

口調に悔恨が滲《にじ》んでいた。

「駐在さんが言った、火の玉の件はどうなの？」

香月がふたたび酌をして問う。

「知らねえ。すくなくとも警察は取りあわねがったな。火事があったって話も聞かねえし、ただの見間違いだろ」

「じゃあおれが持ち帰った、あのネクタイピンは？」

「仏壇に供えてある」

香月父は言い、箸を置いた。

「三十三回忌法要のとき、お寺さんに持っていぐわね。お焚《た》き上げしてもらおう。……まさか三十年も経って、おまえが持ち帰るとはな。やいや、山ってのは、ほんに不思議なとこだぁ」

彼が言い終えぬうち、ぶつりと動画が切れた。

おそらくこの後は話がそれたか、香月父の酔いがまわりすぎたのだろう。

部長が二本目の動画を選び、再生した。

次いで映しだされたのは、畳敷きの和室だった。

高い棚にでもカメラを置いているのか、ななめ上からのアングルである。青みがかった画面といい、粒子の粗さといい、どこか防犯カメラの映像を思わせる。

生活感のある部屋だった。テレビがあり、布団が敷かれていた。丸い座卓にはノートパソコン、スマートフォン、タブレットがきちんと並べて置いてある。

よく見ると、布団には男が寝ていた。

胸のあたりがかすかに上下している。かるいいびきが聞こえた。

──香月さんだ。

森司は目を凝らした。カメラが遠く、画像も粗い。だが確かに昼間会った香月朔だった。全身にまとう雰囲気でわかった。

三十秒ほど、なにも起こらなかった。

だが突然、香月はむくりと上体を起こした。掛け布団をはだける。敷布団の上に立ちあがる。

しばしの間、香月はそのまま立ちつくしていた。一言も発しない。ただ棒のように突っ立っていた。

やがて彼は、弾《はじ》かれたように動きだした。

起きたときと同様、ひどく唐突だった。誰かが急にスイッチを入れたかのようだ。香月は室内を、忙《せわ》しなく歩きまわった。

まず押し入れの襖《ふすま》を開ける。中を覗《のぞ》きこみ、ためつすがめつする。そして、襖を閉じることなく離れる。

次に開けたのはガラス障子だった。身をのりだして廊下を覗き、首を左右に動かす。あきらかに、なにかを捜していた。

障子戸をやはり開けはなしたまま、香月は室内へ戻った。次いで箪笥《たんす》を開ける。抽斗《ひきだし》をひとつひとつ引き開け、しつこいほど中を丹念に見まわす。まるで知性の感じられぬ仕草だった。

ああ、と森司は思った。

――ああ、もう〝人〟ではないんだな。

香月さんに憑いているものは、とうに人ではなくなった。何千回何万回と繰りかえした〝捜す〟という行為を、習慣として覚えているだけだ。

そこにはもはや、人間らしい感情や思念や知性はない。なにを捜しているか、なぜ捜すのか。それすらいまの彼はわかっているまい。

香月の体が、緩慢に揺れはじめた。

左右に、上下に、ひどくゆっくりと揺れる。

「……山が」

呻《うめ》くような声が聞こえた。

「山が、呼んで」

まぎれもなく、香月の口から洩《も》れた声だ。だが彼自身の声ではなかった。昼間に聞いた声とは、口調も抑揚もまるで違っていた。

「山、が……」

香月がのけぞる。両手で、頭を掻《か》きむしる。

次の刹那《せつな》、がくりと全身が跳ねた。

香月の首が、正面に戻る。カメラのほうを向く。いまはじめてカメラの存在に気づいた、という目つきだった。

香月が歩み寄ってくる。カメラに向かって、手を伸ばす。彼の顔がはじめて大写しになった。森司は思わず、口の中で唸《うな》った。

声音と同様、日中に見た香月朔の顔ではなかった。

造作は同じだ。しかし表情がまるで違う。ぎょろりと剝いた眼には光がなく、鼻から下が弛緩《しかん》していた。身をかがめているせいか、身の丈さえ十センチは縮んで映った。

突然、濁った怒声が湧いた。

香月が声のほうへ振りかえる。

開けはなしたままの障子戸から、駆けこんでくる誰かが見えた。

香月の父だ、と森司は察した。

そうだ、香月は「伯父《おじ》に憑《つ》かれていると断言したのは、親父だ」と言ったではないか。それがこの瞬間だろう。香月は憑依《ひょうい》の現場を押さえられたのだ。

カメラが傾く。激しく揺れたかと思うと、天井が映る。カメラを見つけた香月父が、叩き落としたらしい。

訛《なま》りのひどい怒声がつづき、やがて画面が暗転した。

そして一本目の動画と同様、予告なくぶつりと切れた。


「――以上が、香月さんが両親の家に泊まった日の記録らしいよ。どう思う？」

部長が泉水を振りかえった。

「ま、なにかしら憑いてることは間違いねえな」

クリームパンの最後のかけらを飲みこみ、泉水が答える。

「でも昼間来た香月さんからは、とくに気配を感じませんでしたよ」

森司は挙手して発言した。

「この動画じゃはっきり〝憑かれて〟るのに、なんででしょうね。伯父さんに他害の意志がないから、波動を感じなかったのかな？　ふだんは香月さんの中に、深くもぐってるのかもしれません」

「井桁鏡子さんの気配はした？」藍が尋ねる。

泉水が首を横に振った。

「気配は一人だけだな。もし二人いたとしても、おれは生前の鏡子さんを知らんから、彼女かどうか判断できん」

「あ、そう言われて思いだした」

黒沼部長が手を叩《たた》いた。

「さっき鏡子さんの写真画像を見つけたんだ。ネットでしつこく検索したら、記事のキャッシュがあったよ。写真は四十六年前のものだけど、記事は六年前ね」

ノートパソコンをくるりと一同に向ける。

森司は目をすがめ、記事を読んだ。

『……当時大学生の井桁鏡子さんが行方不明になって、今月7日で40年が経ちます。あらためて鏡子さんの家族らが、市民に情報提供を呼びかけました。

井桁鏡子さん（当時20歳）は40年前の5月7日に、鷺羽山周辺にて行方不明となりました。家族は事件に巻きこまれたとみて、現在も捜索をつづけています。

7日は鷺羽山ふもとのコンビニ前にて、ご兄弟や消防団らが鏡子さんの顔写真付きのチラシを配り、あらたな情報を求めました。

以下、鏡子さんのお兄さん（65）のお言葉です。

「鏡子の行方を最後まで案じたまま、母は4年前に亡くなりました。鏡子が無事かそうでないのか、せめてそれだけでも知りたいです」。お心当たりのある方は、以下の電話番号までご連絡を……』

記事には、井桁鏡子の顔写真が添えてあった。

「やさしそうな人ですね」

こよみが嘆息する。

「笑顔が、とても素敵」

こよみの言うとおり、温和な微笑みをたたえた美女であった。服装や顔立ちだけでなく、わずかにかしげた首の角度、カメラを見る眼差《まなざ》しにさえ品があった。

「よし。香月さんに連絡しよう」

部長が決然と言った。

「神かくしだろうと、エイリアン・アブダクションだろうと関係ない。ぼくらにできることをしよう。――このまま鏡子さんが見つからないんじゃ、彼女とご家族が浮かばれないよ」

4

翌日の午後七時半、森司は藍が運転するアウトランダーの後部座席に座っていた。シートの左隣には、こよみがいた。

彼らは前方をまっすぐ見据えていた。視界に入るのは藍の後頭部と肩、フロントガラス越しに望む雪景色のみである。

車内は静かだった。誰も口をきかなかった。

そして森司は汗びっしょりだった。

車内が暑いわけではない。寒さを警戒して着込みすぎたせいでもなかった。

——問題は、おれの左手小指だ。

さっきからずっと、左手小指に触れているものがある。それが気になってたまらなかった。

隣に座る、こよみの右手小指であった。

こよみが身動きして避ける気配はない。森司もまた、手を動かす気はなかった。ほんの数ミリ触れた温《ぬく》もりから熱が生まれ、全身が発火しそうだった。

——なぜだ。

口を引き結び、前方を睨《にら》みつつ森司は思った。

——なぜこよみちゃんは動かないのだ。さっきから十分以上、この体勢だ。

彼女が手を引っこめないのは、すくなくともおれの手や体温が不快でないからだろう。不快でないならば、要するにいやじゃないと同義だ。異性が触れてもいやじゃないということは、ということはつまり。

ふたたび、どっと汗が出てきた。

——おれ、汗くさくないかな。大丈夫かな。

だが口に出して訊《き》く勇気はなかった。

風がさらに強さを増す。フロントガラスに雪が降りかかる。森司は左右に動くワイパーを凝視し、にやけそうな己の頰肉を内側から嚙《か》んだ。

「今晩、香月さんの生家で落ちあうと決まったよ」

との部長の号令により、オカ研六人衆が雪大駐車場へ集合したのは午後六時半。

藍は仕事を定時に終え、泉水はバイトを夕方で切りあげた。金曜の夜だけあって、全員が一泊前提の支度をととのえていた。

「三人ずつ分乗ってことでいいわよね？」

藍が自分のアウトランダーと、泉水のクラウンを交互に指す。ごく自然に、アウトランダーに森司とこよみ、クラウンに部長と鈴木が向かった。

「わたし、ナビします」

いち早くこよみが申し出、助手席のドアへまわろうとする。しかしその前に、

「あのう、灘」

森司が勇気をふり絞った。

「お——、おれと、並んで乗らないか」

一瞬、ときが止まった。

そしてこよみが答える前に、

「それいい。そうしてくれる？」と藍が加勢した。

「無精しちゃって、助手席が荷物で埋まってるのよ。ナビはカーナビがあるし、後ろに

座ってくれるとありがたいわ」

というわけで現在、森司はこよみと後部シートに座っている。

小指と小指は触れあったままだ。二人とも身じろぎひとつしない。いや、すこしでも体勢を崩せば手の位置が不自然になりそうで、うかうかと動けない。

——以前のおれなら、あんな台詞《せりふ》は口が裂けても言えなかった。

ひそかに森司は述懐した。

数年前の自分ならば、白良馬《しららんば》村への道中を思いだしたことで動揺し、挙動不審に陥ったはずだ。こよみちゃんと相乗りなど、しばらくはおそれおおくて無理だったろう。

——だが、おれも成長した。

その証拠に、こうして並んで座れている。彼女の顔は恥ずかしくて見れないし、頭皮から汗はだらだら出るし、鼓動がやたらとうるさいが、しかし逃げずに座りつづけている。これが成長と呼ばずしてなんと呼ぼう。

クラウンとアウトランダーは、国道をさらに三十分ほどひた走った。

雪の勢いが、すこしずつ弱まってきた。

前を行くクラウンがウインカーを出す。コンビニの駐車場に入っていく。藍のアウトランダーも、彼らを追って停まった。

「いまのうち買い出ししていこう。さっき香月さんにＬＩＮＥしたら『酒と炭水化物を頼む』だってさ」

クラウンから降りた部長は、効きすぎの暖房で頬を赤くしていた。

「メインのおかずは用意済みらしいよ。あ、返信が来てる。『クリームシチューと豚汁、どっちがいい？』だって」

「豚汁！」

藍と泉水、森司が同時に叫んだ。

「ていうか、なんでそこでクリームシチュー？」

「わかんないけど、思い出の味らしいよ」

香月はとうに生家へ着いたらしい。彼の両親はとうに引っ越し、ここ数年は空き家同然だ。しかし電気と水道は止めているだけなので、各社に連絡すれば使えるそうだ。

「豚汁なら、炭水化物はおにぎりでいいよね。でも朝食にサンドイッチもほしいか。冷凍うどんもあると便利だね」

部の財布こと黒沼部長が、商品を次つぎ籠《かご》に放りこんでいく。

「あとなにがほしい？」

「アイス」

「ピザまん」

「焼き鳥。おでんの玉子」

と欲望のおもむくままに買いつづけていると、

「ね、八神くん」

藍が森司の横に来てささやいた。

「キイを渡して二人きりにしてあげたいとこだけど……。これから走るのは市街地じゃなくて山沿いの雪道だから、さすがに愛車は任せられないわ。ごめん」

「も、もちろんです」

森司は泡を食ってうなずいた。謝らないでください、とささやきかえす。

「いいのいいの。なるべく気配を消して運転するからね。あたしのことは、舞台の書き割りとでも思っといて」

「そんな。藍さんほど凛々《りり》しく雄々しい書き割りなど……」存在しません、と言いかけたところで、

「おーい、もういい？　お会計するよー」

黒沼部長が声を上げる。

「はいっ！　おれ荷物持ちます！」森司は慌ててレジ前まで走った。


香月の生家は、古民家の趣を十二分に残す日本家屋だった。

入母屋《いりもや》づくりの瓦葺《かわらぶき》で、間取りは昔ながらの田の字型である。部屋が奥まで一直線に並び、すべての襖《ふすま》を開けはなつと、入り口から奥座敷の窓まで望める寸法だ。

窓がすくなく、大きな電灯もない。しかし室内は驚くほど明るかった。障子や書院、欄間のおかげで外の光が採れるのだった。

「とくに夜は、夏より冬のほうが明るいよ。雪あかりがあるから」

と一行を出迎えた香月が言う。

「わあ、囲炉裏じゃないですか」

居間に一歩入って、藍が歓声を上げた。

その言葉どおり、中心には炉が切ってあった。おまけに夕餉《ゆうげ》の支度がととのっている。串《くし》に刺した岩魚《いわな》が炉の火でじゅうじゅう焼け、自在鉤《かぎ》から吊《つ》るした鉄鍋《てつなべ》では、いっぱいの豚汁が煮えていた。

「やっぱり囲炉裏は受けがいいなあ。うちのサークルメンバーもここが好きでね、過去にも何度か合宿したんだ」

香月は得意げであった。

部長の合図で、泉水と森司がコンビニ袋を下ろす。

「お酒はビールとか焼酎《しょうちゅう》とか、安いワインとか適当に買ってきました。香月さんのリクエストは、筋子おにぎりと赤飯でしたよね？」

「ありがとう。脱いだ上着はそのへんに掛けといてくれ」

香月は手で彼らに指示しながら、

「まあ座った座った。せっかくの魚が焦げる前に乾杯しようじゃないか。――ええと、いまどきの若い子も、最初はビールでいいのかな？」

と微笑んだ。

香月が〝鷺羽山の伝説〟について語りはじめたのは、約二時間後。「シチューにライスは有りや無しや」の議論に一同が飽きた頃であった。

「……おれが祖母から聞かされたのは、こんな話だ」

低く前置きし、香月は語りだした。

むかしむかし、村に貧しい男がいた。

ある日、男は山で迷子になった。歩いても歩いても道は見つからず、ついには見たこともない里に迷いこんだ。

季節は真冬だというのに、その里は春だった。枝では梅が咲き誇り、うぐいすがさえずっていた。

気味が悪くなり、貧しい男は里を出ようとした。

しかしそのとき、足もとに古びた升《ます》が転がってきた。何度どけても転がってくるので、男はしょうことなしに升を持って帰った。

里に入ってから出るまで、たったの半刻《はんこく》ほどだ。だが男が道を見つけて村に戻ると、なんと五日も経っていた。

持ち帰った升で、男は稗《ひえ》をはかってみた。するとざくざく米が湧いた。はかるたびに湧いてきて、尽きることがなかった。

それを聞きつけた乱暴者が、貧しい男を真似て山に入った。

乱暴者は里を見つけ、一番大きな俵を背負って出た。しかし乱暴者が村へ帰ると、五日どころか二十年も経っていた。

俵には米でなく、いっぱいに虫が詰まっていた。おまけに乱暴者は子どもがえりしており、右も左もわからぬ阿呆《あほう》になっていたという――。

「なるほど。『花咲《はなさ》か爺《じじい》』と、『遠野物語』のマヨイガと、神かくし譚《たん》を混ぜたようなお話ですね」

黒沼部長が相槌《あいづち》を打った。

「マヨイガとは、一種のユートピアです。その隠れ里にたどり着いた人は、なにかひとつ持ち帰ることを推奨される。『遠野物語』のバージョンでは、貧しい家の妻が薪を取りに山に入り、マヨイガに遭遇します。無欲な彼女はなにも持ち帰らなかった。すると後日、川上から赤い椀《わん》が流れてきました。その椀でケセネ、つまり穀物をはかると、いつまでも尽きぬケセネが湧いたといいます」

「持ち帰らないやつには、強制的に押しつけるってわけか」

酔いで顔を赤くした香月が笑う。

「親切すぎるな」

「〝運を授けるため、あらわれる里〟ですからね。ちなみにこのマヨイガ伝説には、ちょっとメアリー・セレスト号っぽい点もあるんです。どこにも人の姿はないのに、家へ入ると、いましもお茶を淹《い》れようとしていたかのようにお湯が沸騰し、厠《かわや》あたりに人の気配がする。だが、やはり誰の姿も見つけられない」

「メアリー・セレスト号か。それならオカ同の専門分野だ」

香月が膝《ひざ》を打った。

「幽霊船メアリー・セレスト号に遭遇した船乗りたちは、無人の船内で、あたたかい食事や湯気の立つコーヒーを発見したという。……ただ残念ながら、これらの逸話は後世の脚色だと証明されてるんだよな。確かなのは、乗員十名が消えた空っぽの船が発見されたってことだけだ。ともあれ、世界各国で似た伝説があるのは面白い。考えることはみな同じなんだな」

「伝説や伝承は、口伝えに世界各地へ広まっていきますからね」

部長はおにぎりの包装を剝《は》がした。

「一方、『遠野物語』の神かくし譚はこんなふうです。子どもがある日忽然《こつぜん》と消え、三日ほどしてから、さんざん村人が捜したはずの道にぼうと突っ立っている。あるいは草むらの中にしゃがみこんでいる。夜分に雨戸や屋根へどしんと当たる音がしたと思うと、消えたはずの子が気を失って倒れている。また二十年もしてから、当時の着物のまま帰ってきたという話もあります。そのうちの大半が、〝帰ってきても、抜けがらのようになって〟〝呆《ほう》けて〟しまったと語られます」

「うちの村の伝説と似てるな」

香月が眉間《みけん》に皺《しわ》を寄せた。

「そして耕助伯父《おじ》と同じだ。……伯父も、ずっと抜けがら同然だったよ」

　数秒、黙りこむ。香月はかぶりを振り、

「さっき『花咲か爺』の話が出たよな。しかし日本一有名なユートピア譚といえば、『浦島太郎』だろう」

　と話を変えた。

「以前オカ同のミーティングでも、『浦島太郎はエイリアン・アブダクションされたのでは？』と議論したことがある。太郎は爬虫類《はちゅうるい》型異星人にさらわれ、謎の放射性物質を持ち帰ったわけだ。そういえば玉手箱は、マヨイガ伝説の〝なにかひとつ持ち帰る〟というファクターとも共通してるな」

「アブダクション体験をしたボアスも、ＵＦＯから時計を持ち帰ったそうですね」

　部長がうなずいた。

「とはいえ『浦島太郎』の玉手箱については諸説あるので、マヨイガ伝説における〝授けもの〟と同一には語れないでしょう。ただ玉手箱を開けて太郎が鶴になるバージョンもあって、その場合は亀の乙姫《おとひめ》と幸せになるハッピーエンドです」

「マルチバースの中に、幸せになった浦島太郎もいるってわけだ」

「浦島伝説は本来、ユートピア譚の色が強いですからね。エイリアン・アブダクションと日本伝承の、一番の違い。それは〝貧しさゆえの渇望〟が、根底にあるか否かでしょう」

部長は言った。

「日本は山ばかりで平地がすくなく、耕作に不向きな国土です。だから日本史は、飢餓と貧困の歴史でもあります。日本においてユートピア伝説は、つらい生活の中で抱く希望のよすがでした。『あの子はいなくなったが、不幸ではない。桃源郷で幸せにしているだろう』と彼らは思いたかった」

「……だが、まれに戻ってくる子もいた」

香月がつづきを受けた。唇をわずかに曲げる。

「帰ってきた子を見て、親たちはがっかりしたかもな。この子はずっと桃源郷にいてほしかった。俗世に戻ってこないほうが、誰にとってもよかった――と」

苦い声音だった。一瞬、場がしんとなった。

「すまない」

香月がかぶりを振って、

「雪がやんだな」

と雪見障子の向こうを見やる。

「こっちは空気がきれいだから、雲さえなきゃ星がよく見えるんだ。きみたちも、寝る前に眺めてみるといい」

言いながら、腰を浮かす。

「さて、この豚汁にうどんを入れて締めにするか。お椀を持ってこよう。食べたい人、手を挙げて」

部長とこよみ以外、全員手を挙げた。

香月の言うとおり、外界には澄んだ夜空が広がっていた。

5

「隙間風がひどいから、普通に布団を敷いたんじゃ寒くて寝れないんだ。たまにはこういうのも、変わってていいだろ？」

言いながら、香月は各部屋にてきぱきテントを張っていった。

冬山登山にも耐えうる本格的なテントだった。各部屋に張って、中に二組ずつ布団をのべ、湯たんぽの暖で眠るのだという。

「オカ同のみなさんが泊まったときも、こうして寝たんですか？」

泉水と設営を手伝いつつ、森司は尋ねた。

「もちろん。というかサークルの合宿中に、みんなで試行錯誤した結果がこのテントだ。冷え性の女性部員にも好評だったよ」

かくして奥座敷にひとつ、客間にひとつ、仏間にひとつテントが立った。

黒沼従兄弟《いとこ》コンビ、森司と鈴木、こよみと藍の三組に自然と分かれ、おのおのの部屋に散っていく。

「香月さんはどこで寝るんです？」

森司が問うと、「寝袋」との答えが返ってきた。

「そのへんで転がって寝るが、女の子たちは警戒しなくていいよ。おじさんから見りゃ、二十歳そこそこの女の子なんて娘同然だ。んじゃ、おやすみ」

森司と鈴木は、もっとも寒い仏間を選んだ。

しかしテントにもぐってみれば、驚くほど快適であった。あたたかい上、秘密基地の風情がある。タープから吊《つ》るしたランタンも雰囲気たっぷりで、室内なのにキャンプ気分が味わえた。

「おれテントで寝るのん、はじめてですわ」

鈴木の声も心なしか浮きたっていた。

「アウトドアとは無縁な人生でしたからね。オカ研入ってたったの一年やけど、いままでの十倍は人生経験積めてる気がします」

「気持ちはわかる」

湯たんぽの位置を調整し、森司は同意した。

「おれも似たようなもんだよ。オカルト研究会がこんなにアクティヴなサークルだとは、部外者は想像もしないだろうな」

布団は樟脳《しょうのう》くさいものの、乾燥機にかけたらしくふかふかだった。

その後の一、二時間、森司は寝そべったまま鈴木と雑談し、ときおり起きてはワインの残りをまわし飲みした。

客間の従兄弟コンビ、奥座敷の女性陣もそれぞれ楽しんでいる様子だった。低い話し声やくすくす笑いが、襖《ふすま》越しに洩《も》れ聞こえる。

楽しい夜だった。

だが、いつしか寝入ってしまったらしい。

ふ、と目を覚ましたとき、真っ先に視界に入ったのはランタンの底だった。なぜか森司は万歳するような姿勢で、布団から上半身を出して眠っていた。すぐ横から、鈴木の規則正しい寝息が聞こえてくる。

携帯電話に手を伸ばし、時刻を確認した。午前一時十三分。

——半端な時間に起きちゃったな。

尿意は感じない。寒くもない。なのになぜ起きたんだろう、と寝がえりを打って、森司ははっと気づいた。

——誰かいる。

障子戸の向こうだ。

腰高障子一枚を隔てたあちら側には、内庭を望める縁側があるはずだった。その縁側に、誰かが座っている。

霊のたぐいではなかった。人間だ。

体温と、息づかいを感じた。

森司は後輩を起こさぬよう、静かにテントから這《は》い出た。仏間の長押《なげし》に掛けたコートを着込み、念のためスヌードも着けて、障子戸を薄くひらく。

「――灘？」

「え、八神先輩？」

こよみだった。

森司と同じく、コートとマフラーで完全防備している。

「どうした。眠れないのか？」

「いえ。いったん寝たんですが、変な時間に目が覚めて……。すみません、起こしちゃいましたか」

「いや、おれも自然と目が覚めたんだ」

縁側と庭を隔てる戸は、ぶ厚い雨戸ではなかった。ガラス入りの格子戸だ。しかも磨《す》りガラスや模様ガラスではなく、クリアガラスだった。庭の向こうに広がる夜空がよく見える。

「香月さんが、星がきれいだって言ってたでしょう」

「ああ、そっか。そうだな」

うなずいて、森司はこよみの隣に腰を下ろした。

香月が言ったとおり、目の覚めるような星空だった。

冷えた大気がどこまでも澄みわたっている。濃紺を極限まで黒に近づけた空に、明るい一等星がいくつも光っている。

森司ですら知っているオリオン座やシリウス、それにつながる冬の大三角を、肉眼ではっきり視認できる。

「わたし、目はよくないですけど――」

こよみがささやくように言う。

「でも昔から、夜の明るい星なら見えるんです。乱視なので、たぶん多めに見えてるとは思いますが」

うん、とうなずきかえし、森司は板張りの縁側に手をすべらせた。

小指の先が、彼女の小指に触れる。

こよみが息を呑《の》むのがわかった。しかし、彼女は動かなかった。手をどかして避けることも、森司を見ることもしなかった。

二人は身じろぎもせず、ただ星を見上げた。

「――あの、灘」

長い長い沈黙ののち、森司は低く言った。

「はい」

「おれ……、汗くさくないかな。ごめんな」

雪大で集合する前にアパートに戻り、ざっとシャワーは浴びてきた。しかし来るときの車内で思いのほか汗をかいてしまった。おまけにいまも、新たな汗でびっしょりだ。

「いえ」

かぼそい声で、こよみが言った。

「わたしも、いま、暑いです――ので」

目の前の格子戸に、森司は目をやった。

外はおそらく氷点下の寒さだ。室内とてせいぜい二、三度だろう。なのに、ガラスが曇っていた。縁側の二人が、真冬にあるまじき熱を発しているせいだ。外と中の寒暖差が激しい。

「きっと、先輩と同じです」

「そ、そうか」

森司はふたたび空を見上げた。

一等星がさっきよりもまばゆく映る。目に染みて、痛いほどだ。

「あの――バレンタインの件、さ」

森司は小声で言った。

「灘は落ちこんだみたいだけど、気にしなくていいからな。ば、バレンタインがうまくいくとかいかないとか、きみはそんなの、思い悩む必要ないんだ」

障子越しに誰かの寝息が聞こえる。触れた小指が、やはり熱い。

「おれの気持ちは、もう、決まってるから」

「はい」

こよみが顎《あご》を引いた。

「わたしも、決まってます」

「う、うん。――そうか」

「先輩と、同じです」

「そうか」

格子戸の隙間から風が吹きこみ、火照った頬に当たる。真冬の夜気が、いまだけはひどく心地よかった。

6

翌朝、もっとも早く起床したのは香月だった。

オカ研の一同が目を擦《こす》りつつ起きてくる頃には、囲炉裏に火が熾《おこ》され、鉄瓶では湯が沸いていた。

「朝はあったかいもんを食うと力が出るからな。コンビニのサンドイッチを、こいつで焼いて食っちゃおう」

差しだされたのは直火式ホットサンドメーカーだった。一晩経ったツナサンドやたまごサンドをメーカーに挟み、炉の火で手ばやく焼いていく。

「うわ、美味《うま》い」

「まずいわけがないよなあ」

こんがり焼けた順にかじりつき、森司たちは歓声を上げた。やはりパンはトーストしたほうが抜群に美味《おい》しい。

インスタントコーヒーとスープも、鉄瓶の湯を使っただけで格段に味が増した。意外なことに泉水が興味津々で、香月にアウトドアグッズのお勧めを尋ねている。

「じゃあ今日は予定どおり、村のみなさんから話を聞いてまわろう」

手のパンくずを払い、部長が言う。

「まずは駐在さんからだ。当時の駐在さんはいなくても、新聞沙汰《ざた》になった大事件だからね。きっと語り継がれてるさ」

〝駐在さん〟こと村の駐在所勤務の警察官は、四十代なかばの巡査長だった。

駐在所は官舎も兼ねており、裏手の住居スペースに妻子と住んでいるという。こちらへ赴任したのは七年前の春だそうで、

「息子が中学校に上がる前に異動したいけど、どうだかねえ」

と頭を掻《か》いていた。

「四十六年前の神かくし事件ね。へええ、おたくが香月さんのお孫さん？　はじめて見たよ。どうもどうも」

巡査長は、なぜか香月に握手を求めてきた。

「村じゃいまだに語り草の失踪《しっそう》事件だもんな。村のみんなにしつっこく聞かされたせいで、当時は生まれてねえおれまで、がっつり情報通になっちまった」

「逆に、身内のおれのほうがよく知らないんですよ。だからこちらの学生さんたちに、ろくな話をしてやれない」

香月は背後のオカ研一同を手で示した。

「はじめまして、雪越大学新聞部の黒沼です。後ろの学生は同じく雪大で、近代民俗学と日本現代史を専攻しています」

黒沼部長が、即興のでまかせをすらすら述べたてる。

「井桁鏡子さんが失踪して四十六年。そして香月さんの伯父《おじ》である耕助さんの失踪から、三十年です。お二人はともに雪大生でした。大学新聞の特集記事のため、ぜひ取材させてください」

言いながら、部長は手土産を差しだした。

中身はごく手軽なコンビニスイーツである。だがこの四十キロ圏内にはないコンビニ、おまけに最近SNSでバズった人気商品であった。巡査長本人より、おそらく妻子に受けがいいはずだ。

「おお、すまんねえ」

巡査長はすんなり受けとった。この程度なら、収賄とまでは言われまい。

「ええと、きみらは近代民俗学と現代の歴史を勉強してんだっけ？　例の件は歴史でなくただの失踪事件だけど、そんなんでいいんかい？」

「はい。神かくしは、民俗学においては一大テーマなんです」

部長に替わってこよみが答えた。その横で藍もうなずく。女性部員たちの美貌《びぼう》に巡査長は目をしばたたいて、

「ああ、そっか。とはいえ、どっから話せばいいんだかな」

と棚を振りかえった。

過去の簿冊がぎっしり詰まった棚だ。一冊抜き、ぱらぱらとめくって唸《うな》る。

「ああ、これだこれだ。六年前に、井桁さんのご遺族――じゃなかった、ご家族がこの駐在所に来なすったんだ。ちょうど四十年の節目だったからね。ご両親は亡くなって、いまやお兄さんと弟さんだけらしい」

いいおうちのお嬢さんだったのに、気の毒に――と嘆息する。

「伯父とは月とすっぽんの美女だったそうです。いわゆる高嶺《たかね》の花ですね」

自嘲《じちょう》するように香月が言った。

「だから当時は、伯父が殺したのでは、とさんざん疑われました。証拠不十分で、釈放されはしましたが……」

「いやいや。おれも当時の書類は一応見たがね、釈放で妥当さ」

巡査長が首を横に振る。

「香月耕助さんの体と服に付いてた血は、全部本人のもんだった。あの頃はDNA型鑑

定はねがったども、耕助さんはO型で、鏡子さんはB型だったすけ、判別は簡単だった。引っかき傷や歯型のたぐいもなしだ。もし悪さしてたら、女の子だって抵抗するもの。引っかくなり、嚙《か》みつくなりするはずさ」

「よしんば耕助さんが手にかけたとしても、遺体がないのが謎ですしね。その後失踪した耕助さんの遺体も見つかっていない。不思議な事件です」

部長が口を挟んで、

「不思議といえば、当時ここにおられた駐在さんが、『山の方角で火の玉を見た』と証言していますよね？」と話を振った。

「ああ、佐分利《さぶり》さんな」

巡査長が顎を撫《な》でる。

「そこだけ聞きゃあ変な話だども、誤解しねえでくれ。ふだんは火の玉だのお化けなんぞと言う人でねえんだ。定年前には、生安《せいあん》課の係長にまで出世したくらいだ。こつこつ実績を積むタイプの、ごく常識的な警察官だったさ」

「なるほど。では『火の玉を見た』という言葉には信憑性《しんぴょうせい》がある？」

「いやいや、そうでねえよ。ただほれ、人間にゃ見間違いや勘違いがあるってことさ。そうでなくても佐分利さん、あの日は忙しかったらしいもの」

「忙しかった？」

「ええと——四十六年前の、五月七日だっけか。簿冊によりゃあ、あの日は井桁鏡子さんがいねぐなる前に、村の爺《じい》さんも行方不明になってたんだ」

「ほう」

部長が身をのりだした。

「初耳です」

「そら、爺さんのほうはたいしたことねがったからね。認知症で、ふだんから徘徊《はいかい》癖の
あるご老人だったんだ。陽が落ちる前に無事見つかって、やれやれと佐分利さんが駐在
所へ戻ったら、今度は香月さん家《ち》から電話があったわけさ。『山に登った息子たちが、
いってか帰ってこねえ』とな」

「じゃあ間を置かず、次は香月さんたちを捜索する羽目に？　それは大変でしたね」

「だろう？　だすけ目がかすんだり、見間違いを起こしても無理ねがったんさ」

得々と言う巡査長に、部長が重ねて問う。

「山中で耕助さんを発見したのが、その佐分利さんなんですか？」

「いんや。佐分利さんは通報を受けていったん山に入ったが、すぐに日が暮れちまった。

真っ暗んなりゃ一人じゃ捜せんからな。消防団に連絡して、三十人がかりで捜索しなお
したのさ。ほいで、耕助さんだけが保護された」

薄い茶で巡査長は舌を湿した。

「佐分利さんは十年以上前に定年退職して、息子さん夫婦と町に住んでるよ。だども事
件が心残りみてえで、三月《みつき》か四月《よつき》に一度はこの駐在所を訪ねてきなさる。『井桁さんの

事件は、進展なしか？　ハンカチ一枚でも見つけてご家族に渡してやれねえもんか』ってね。おかげで、すっかり仲よくなっちまった」

「新聞部としては、ぜひその方《かた》のお話もうかがいたいなあ」

にこやかに部長が言う。

「そんなら、電話で話すかね？」

巡査長が時計を見上げた。

「この時刻なら、間違いなく家にいるはずだ。ちっと待ってな」

抽斗《ひきだし》から携帯電話を取りだし、アドレス帳アプリを操作しはじめる。スピーカーフォンにし、机に置いた。コール音が鳴る。

巡査長が言ったとおり、佐分利元係長は自宅にいた。

「耕助さんの甥《おい》っ子が来てるって？　へええ」

電話口で、佐分利は頓狂《とんきょう》な声を上げた。

「耕助さんの弟の息子？　おれがそっちにいた頃は、弟さんはまだ高校生だったがなあ。そうかそうか、そんげ大人になったかい」

「親父はもう還暦を越えましたよ」

香月は苦笑した。

「耕助伯父がいなくなって、今年でちょうど三十年なんです。伯父の失踪は、ご存じですよね？」

「噂にゃ聞いたよ」

佐分利は声を落として、

「おれぁ、井桁鏡子さん失踪の翌々年に異動になったもんでね。耕助さんが消えた頃は、町の所轄署にいたんさ」と言った。

「四十六年前、伯父と鏡子さんが戻らない、との通報を受けたのは佐分利さんだそうですね」

「そんだ。一一〇番でなく、駐在所の警電に直接かかってきた。香月さんの奥さん――いや、あんたからすりゃ祖母にあたる人からさ」

佐分利の口調は、いかにも朴訥《ぼくとつ》そうだった。

「井桁さんと耕助さんは、午前のうちに鷺羽山に向かった。山頂で昼めし食って、下りてくるつもりだったんだろう。だども、日が暮れても戻らねがった」

「消防団と一緒に、山を捜索してくださったんですよね」

「ああ。だども捜索隊ができたときにゃ、夜の九時近かったよ。耕助さんを見つけたんは、十時過ぎてたなあ。四合目あたりで、藪《やぶ》から耕助さんが飛びだしてきたんだ。保護したのは、消防団の若い衆だった」

「伯父は、頭から血を流してたそうですね」

「腕も折れて、ぶらぶらしとったよ。頭のほうはさほど深い傷でねがった。頭の傷ってのは、たいしたことなくても派手に出血するすけな」

佐分利は当時を思いだすように間を置いて、

「……記憶を、失《な》くしてる様子だった。『井桁さんはどうした』と訊《き》いても、『ごめん、ごめん』と謝るばかりで、まるで要領を得ねがった」

と言った。

「火の玉を、ご覧になられたそうですね」

脇から部長が割って入る。

「え」

虚を衝《つ》かれたように、佐分利は一瞬詰まった。かまわず部長がつづける。

「失踪《しっそう》事件の日、山の方角で火の玉を見たとお聞きしましたよ。あれ、ひょっとしてこのお話、まずいですか？」

「あ、いや、まずくはねえども」

佐分利は口ごもった。

「まずくはねえが、恥ずかしいわ。その話はもういいねっか。あんときは疲れて、いろいろどうかしてたんだな」

あれ、と森司は思った。

――この人、怖がってる。

怯《おび》えている、と言ったほうが的確だろうか。隠しきれぬ恐怖が声音に滲《にじ》んでいた。犯罪者と長年渡りあってきた元警官が、こんなことで怯えるのは珍しい。

その後はあたりさわりのない問答に終始し、やがて通話は切れた。

黒沼部長が巡査長を振りかえる。

「そういえば井桁鏡子さんのご兄弟は、いまも県内にお住まいですか？」

「ああ。お兄さんは県庁所在地で、実家を継いでるよ。弟さんはどうだったかな。――あ、いやいや、さすがに住所は教えらんねえよ？」

「わかってます」

部長は笑顔でうなずいて、

「貴重なお話、ありがとうございました。たいへん参考になりました」

と頭を下げた。

7

次に一行が会ったのは、耕助の幼馴染《おさななじ》みの清正《きよまさ》という男性だった。

耕助と同年の生まれで、現在六十六歳。頭髪こそやや寂しいものの、田舎にそぐわぬ渋い男前である。

紺の作務衣《さむえ》に身を包み、彼はこころよく一同を居間に迎えた。

「まあ、いまだから言えることだが……。耕助と鏡子さんが付き合うきっかけを作ったのは、じつはおれなんだよ」

と額を掻《か》く。

「おれは高卒で、雪大とは縁もゆかりもない。だが大学生気分を味わってみたくてな。耕助に頼んで遊びに行かせてもらったのさ。そしたら耕助のやつ、美人を横目で見てはため息ついてるじゃないか。『なんだ、仲よくなりてえのか？』って、代わりにおれが声をかけてやったのがはじまりだ」

「その美人が、井桁鏡子さんですね？」と部長。

「そうだ。耕助にえらく感謝されて、おれは鼻高々だった。しかし結局は、鏡子さんがああなっちまってな……。あのあと、何十年も悔やんだよ。おれさえ余計な真似をしなきゃ、二人は親しくならんかった。鏡子さんがあの日、鷺羽山で消えることもなかっただろう――とな。責任を感じたよ」

清正が肩を落とす。

「では清正さんは、交際中の二人をご存じなんですね」

香月は前傾姿勢になった。

「もう四十六年も経っています。どうか正直にお答えください。伯父《おじ》があの日、鏡子さんをどうにかしたのでは、と疑ったことはありますか？」

「どうにかって。そりゃ耕助が、鏡子さんを殺したかって意味か？」

清正は目をまるくした。

「ないない。あり得んよ。確かに鏡子さんのご家族はそう疑ったが、耕助は女性に乱暴できる男じゃない。それに、やつには殺す動機がない」

「でも、身分違いの恋だったそうじゃないですか」

「あのなあ。昭和を誤解しすぎだ。きみらにしたら四十六年前は大昔だろうが、高度成長期には身分どうこうなんてとっくに廃れてたよ。それにあの二人は、順調そのものだった。結婚の約束までしてたんだ」

「結婚、ですか？」

「ああ。言っとくが、耕助から一方的に聞かされた情報じゃないぞ？　おれは鏡子さんと耕助に会って、二人の口からそう聞いた」

「ですが、鏡子さんのご家族が反対したのでは？」

「いい顔はしなかったろうな。だがさっきも言ったとおり、もう身分云々《うんぬん》の時代じゃなかった。鏡子さん自身もだいぶ頑張ったようで、『親の態度が軟化しつつある』と言っていた。耕助は大学でも優等生だったしな。あのまま卒業できてたら、いい成績でいい会社に就職して、鏡子さんの両親もやつを見なおしたことだろうよ」

悔しそうに清正は唇を噛《か》んだ。

そこで障子戸がひらいた。茶盆を持った細君であった。

すかさず黒沼部長が腰を浮かせ、卓上に置きっぱなしだった手土産を差しだす。

「どうもお邪魔しております。こちら、つまらないものですが」

「あらあ、すみません」

包装紙を見て、細君が目を輝かす。

事前に香月から得た情報により、こちらへの手土産は定番『はり糸のカステラ』であった。

「嬉《うれ》しいわあ、大好物なんですよ。みなさんのぶんもすぐ切ってきますね」

細君が茶盆を置き、ふたたび立ちあがる。

障子戸が閉まったところで、香月と部長が目くばせし合った。

「……じつは、その」

香月がチノパンツのポケットに手を入れる。

「清正さんに観ていただきたい動画がありまして」

取りだしたのはUSBメモリだった。憑《つ》かれた香月自身の動画をおさめた、例のUSBメモリである。

「おかしな話に聞こえるでしょうが、ここに映っているのが耕助伯父かどうか、判断してもらいたいんです。いまや伯父本人を覚えている人はほぼいませんし、おれの親父はこの手の話を嫌ってるので」

香月は頭を下げた。

「どういうことだ？」

「怒らずに聞いてください」

ことわってから、香月はいままでのいきさつを手短に説明した。

清正は、無言で腕組みして聞いていた。

やがて香月が話し終えた。気まずい静寂が落ちる。

これは無理かな、と森司は思った。しかし清正は膝《ひざ》を叩《たた》いて、

「よしわかった、観よう」

唸《うな》るように言った。

「正直言って、気味が悪《わ》りいし観たくない。あの耕助が、祟《たた》るようなやつとも思えん。……だがさっきも言ったように、おれには責任があるからな」

居間のＤＶＤプレイヤーは、さいわいＵＳＢメモリ対応可だった。さっそく挿しこみ、二番目の動画を選んで再生する。

以前に森司たちも観た動画であった。香月が寝ている。突然むくりと起きあがり、掛け布団をはだけて立つ。

夢遊病者じみた動きで室内をうろつく香月を、清正は不快そうに眺めた。

画面の中で、香月の体が揺れはじめる。ひどく緩慢な揺れかただった。その唇から、低い呻《うめ》きが洩《も》れた。

「山が」

十も老いたような声だった。

「山が、呼《よ》んで」

次の刹那《せつな》、かん高い悲鳴が湧いた。動画ではない、生身の声だ。

一同は思わず、声のしたほうを振りかえった。

清正の細君だった。

開けた障子戸の向こうで、銘々皿をのせた盆を横に、膝を突いている。その顔は血の気を失っていた。青を通りこして、真っ白だった。

「ゆうれい」

細君が、あえぐように言った。

「誰なの？　顔は違うども――ひょうごの、幽霊でねが」

「ひょうご？」

部長が眉根《まゆね》を寄せた。

いちはやく立ちあがったのは藍だった。細君を抱え、支えながら室内に引き入れる。菓子をのせた盆は、こよみが回収した。

「ひょうごとは誰です？」

畳へ腰を下ろした細君に、部長が問う。

細君は問いを無視し、一時停止中の画面を指した。

「この人……誰？」

「こちらの香月さんです」なんとはなし目が合った森司が、つい答えてしまう。

「こうづき？　ああ」

細君はうつろにうなずいて、

「ああそうね、目鼻はあなたのもんだ。だども、違う。いまのあなたと、顔つきがまるで違う。これは――兵吾《ひょうご》だわ」

「その、兵吾という方《かた》はどなたなんです？」

いま一度部長が尋ねる。

細君は無意識のようにうなじを拭《ぬぐ》って。

「兵吾は……わたしの生まれた集落に、住んでいた男よ」と呻いた。

「妻は、鷺羽山を越えた向こうの集落の生まれなんだ」

清正が言い添えた。

「妻もおれも、耕助とは同じ中学校だった。……なあおまえ、耕助を覚えとるよな？ ここに映ってるのは耕助じゃないと、確かに言えるか？ その兵吾ってやつをおれは知らんが、幽霊になるような男なんか」

「わがらね」細君は眉根を寄せて、

「なにがどうなってるのか、さっぱりわがらねども……この言葉と口調は、兵吾のもんよ。わたしに言えるのはそれだけ」

と断言した。

「まさにぼくらは、そのお話をうかがいたいんです」

黒沼部長が膝を進める。

「よろしければ、お聞かせください」

細君は答えず、夫を戸惑い顔で見やった。

そんな彼女を説得したのは、当の夫である清正だった。細君が首をかしげつつも納得したのは、たっぷり十数分後のことであった。

「北下《きたしも》兵吾──、という名の男です」

ぬるい茶で喉《のど》を湿らせ、深呼吸してから、細君は訥々《とつとつ》と語りだした。

「わたしと干支《えと》でふたまわり違うから、生きていれば、そうね、八十八になるはず」

彼女いわく、北下家は集落では浮いた存在だった。

もとは富裕な家ながら、酒で没落したらしい。なにしろ男子の八割強が酒乱という厄介な一族であった。酔っては誰かれかまわず怒鳴り、殴りつけるのだ。

「あなたも、ここらの神かくしの伝説を知ってるでしょう」

細君は夫に目をやった。

「貧しいが正直な男と、高慢な乱暴者の話よ。乱暴者のほうは、うちの集落じゃあ『モデルになったんは北下家だ』と言われてた」

酒乱一族の中でも、兵吾の実父はとりわけ酒癖がひどかった。二言目には「火ぃつけっぞ」と怒鳴り、刃物を持ちだした。以前から避けられていた北下家は、父の代ではっきり集落の鼻つまみ者となった。

兵吾は、その家の次男坊だった。

幼い頃はおとなしい子だったらしい。だが彼が六歳のとき、その事件は起こった。

突然、行方不明になったのだ。

「兵吾の父親は『山のほうがぴかーっと光った直後に、うちの次男坊が消えよった』と言い張った。でも、誰一人真に受けなかった。兵吾の父親が酒毒でおかしくなっているのは、みんな知っていたからね。兵吾は父親に殴り殺され、山に埋められたんだ、と誰もが思っていた」

しかし違った。

数日経った頃、兵吾は泥だらけの姿で帰ってきた。

「だども、戻った兵吾は別人になっていた。それまでが嘘のように、短気な乱暴者になってしまった。わたしの祖父が、片目を失明したんもそのせい。『兵吾に殴られた。兵吾にやられた』と、死ぬ間際まで愚痴っていたっけ」

そんな北下一家が夜逃げしたのは、いまから七十年以上前だ。

きっかけは、泥酔した兵吾の父が駐在所を襲ったことだ。さいわい巡査は無事で、拳《けん》銃《じゅう》も奪われなかった。しかし逮捕を恐れた一家は、夜明け前に夜逃げした。まだ雪の融《と》けきらぬ、三月初旬のことであった。

「北下家がいのうなって、みんなほっとしたらしいわ。その後は何十年か、集落は平和そのものだった。だどもわたしが生まれ、育ち、こっちに嫁いだあと——、兵吾のやつが、ふらっと集落に帰ってきたのさ」

父と夜逃げした当時、兵吾は十代だった。しかし戻ったときは五十をとうに過ぎていた。しかも一人ではなかった。八歳と六歳だという男の子を連れていた。

「その子らも、やっぱり妙だった」

細君が頰を歪《ゆが》める。

「全然口をきかなくてね。がりがりに痩《や》せて、なのに頭だけ妙に大きくって。学校にも行ってねがったわ。いつも軒先に座りこんでは、通りかかる人を、じーっと上目づかいに睨《にら》んでた」

「その子たちは、いまも村にいるんですか？」

部長が問うと、細君は「もういない」と首を横に振った。

「兵吾と、消えてしもうたから」

兵吾たち一家が集落にとどまったのは、わずか数年だったという。

その間、兵吾は朝から晩まで浴びるように飲んでいた。

気づけば「山が」「山が呼んどる」としか言わぬ男になっていた。多量のアルコールが脳を変質させているのは、誰の目にもあきらかだった。

「役所に、みな何度も電話したんよ。なんとかしてくれ、子どもだけでも保護してくれって、何度も言った。でも、どうともならんかった」

細君は声を詰まらせた。

「ある冬の朝、北下の家がからっぽだと、新聞配達の子が気づいたんさ。突然思いたって家を出たみたいに、盛ったまんま乾いたごはんと、飲みかけの酒が残されてた。服や靴は、脱ぎっぱなしだった」

「それきり、北下兵吾と子どもは戻らなかったんですか？」と部長。

「そう。戻らねがった。一応、山捜しもしたんよ。でも遺体どころか、片袖《かたそで》一枚見つからんかったね」

「何年前のことです？」

「ええと、うちの父が入院した年だから、三十……いえ、二十九年前」

香月と部長が、さっと目を見交わす。

香月耕助が失踪《しっそう》したのが、三十年前――。森司は胸中でつぶやいた。そして北下兵吾は、その翌年に消えたという。

――これははたして、偶然なのだろうか？

わからなかった。テレビ画面では香月ではない香月の顔が、いまだ一時停止のまま大写しになっていた。

8

香月家に戻る前に、一行は細君の大叔父《おおおじ》と電話で話した。集落に八十年以上住みつづけ、兵吾の父や祖父をも知る人物であった。

残念ながら兵吾について、細君が語った以上の情報は得られなかった。だがひとつ、興味深い証言があった。

「兵吾の親父が見たってぇ火の玉は、雷玉《かみなりだま》だろうな」

「雷玉？」香月が問うた。

「正式になんと言うんかは知らね。けど、ここらじゃそう呼ぶんさ。山の向こうで落雷すっと、見えることがあるすけな。あんた、香月さんとこの子だって？　女子大生がいねなった四十何年前のあの日も、そういや雷玉が見えたはずらて」

ことなげに大叔父が言う。

「それ、間違いないですか？」

「ねえさあ。日暮れ前に雷が鳴りだしたんを、はっきり覚えてる。駐在さんが見たのも、雷玉だったんろう。今年あたりも見えんでねえかな。何十年に一度のなんとかって、気象台が言うとったもの」


帰りの車内で、香月は黙りこくっていた。

スーパーに寄って夕飯の買い出しをし、温泉施設に寄って湯を浴びたあとも、やはり無言だった。

今朝までの陽気さが嘘のようだ。情報と気持ちの整理が追いつかない、といったふうだった。

帰宅してすぐ、「すまない。すこし休む」と香月は小座敷へ消えた。

その間にオカ研一同は、一宿一飯の礼にと夕飯を用意した。

火は泉水が熾《おこ》した。森司と鈴木は野菜を刻んだ。味付けは藍とこよみが担当した。料理はからきしな黒沼部長でさえ、ピーラーで人参の皮を剥《む》くなどして手伝った。

小一時間して居間に戻った香月が、

「え、シチューにしてくれたのか」

と、湯気の立つ鉄鍋《てつなべ》に目をまるくした。

「いいえ、クラムチャウダーです」

藍が答える。

森司もはじめて知ったのだが、クラムチャウダーとシチューの違いはまず魚介が入るか否かで、次に具材の大きさらしい。

今回のクラムチャウダーは人参も玉ねぎもベーコンもごくちいさく刻み、砂抜きしたあさりをたっぷり入れた。味付けは市販のシチュールウではなく、ミルクとコンソメ、塩胡椒《しおこしょう》である。

ひと口食べて、香月が唸《うな》った。

「こりゃあいい。あさりのおかげか、香りも風味もシチューとはだいぶ違うな。……もしかして、白央オカ同のメンバーからなにか聞いたか？」

「バレましたか」

部長がにっこりする。

「一緒に山に行かれたご友人が播磨さんに話し、播磨さんからぼくに、という伝言ゲームです。事件とクリームシチューの香りに、記憶の紐《ひも》づけがおありだとか。お節介ながら、いやな記憶に固執するより、似て非なるもので上書きするのはどうかなぁと」

「記憶の上書き」

「自分の経験と照らしあわせても、意外と有効なんですよ」

おうむ返しにした香月に、部長はグラスを渡した。

「ぼくら残された者は、忘れることに罪悪感を抱きがちです。しかし負の記憶を薄れさせるのは、精神衛生の観点からもけっして悪くない。百パーセント記憶を消すのはどうせ無理なんだし、あの手この手で遠ざけちゃえばいいんですよ。いざほんとに忘れてしまえば、けっこう楽なんです、ほんとに」

「黒沼くんは、なんというか……」

香月が苦笑した。

「達観してるよな。おれより年下とは、とても思えない」

泉水が囲炉裏の火に焼き網を置き、厚揚げや殻付きの海老《えび》をのせていく。出汁《だし》醬油《じょうゆ》をかけまわすと、じゅっと弾《はじ》けて香ばしい匂いが立った。

「……日中に聞かされた、雷玉の話だが」

安ワインを呷《あお》り、香月が部長をあらためて見やる。

「きみはどう思う?」

「球電現象ですね。十二分にあり得ます」

部長は即答した。

「諸説ありますが、おそらくは荷電粒子群と電磁場の相互作用で起こる現象でしょう。空気中に帯電して球状になったものが、光を発しながら飛ぶんです。大きさはさまざまですが、直径一メートルに達することもあるそうです」

「そうか」

香月は声を落とした。

「おれは、今晩は早めに寝るとするよ。ＡＡじゃないらしいとはわかってきたが、もうちょい考えを整理したい。――すまないが、後片付けを頼んでいいか」

オカ研一同に否やはなかった。

香月はクラムチャウダーをもう一杯食べ、ワインを飲みほして、早々に小座敷へと引きあげた。


囲炉裏の火が消され、座がおひらきになったのは午後九時過ぎだった。

誰言うともなく、それぞれ自然に身のまわりを片付け、自然に自分の寝床へ散っていく。

森司たちのテントと布団は、朝出たときのままだった。

鈴木と小一時間話したのち、森司は頃合いを見て、携帯電話で時刻を確認した。

――午後十時、三十六分。

「悪い。先に寝ててくれるか」

布団にもぐった鈴木に、そう告げた。

「起こさないように、静かに戻るから。ごめんな」

「べつになんも謝ることはないですが、――八神さん」湯たんぽの位置を足で調整しつつ、鈴木が言う。

「そろそろ、ビシッと決めたほうがええんちゃいます」

「え、あ」

森司は一瞬返事に迷ってから、

「……だよな。うん」

素直にうなずいた。

「人は、旅先では開放的になるもんや、て言いますし」

「うん」

「いやおれの体験でのうて、ネットとか映画の受け売りですけども」

「うん。ありがとう」

背中を押してくれる後輩に礼を告げ、森司は仏間を出た。

コートとスヌードを装備して向かった先は、昨夜と同じ縁側であった。

外はあいにくの曇りで、星は望めそうにない。山の向こうで遠雷が鳴っている。雪おこしだな、と森司は思った。北国特有の、雪雲をともなう雷をそう呼ぶのだ。

携帯電話の液晶を眺め、待つこと約十分。

障子戸が静かにひらいて、目当ての人物がやって来た。

こよみであった。

森司と同様、しっかり防寒対策をしている。先に彼が来ていたと知り、一瞬はっと目を見ひらく。しかし、さほど意外そうではなかった。

障子戸を閉め、彼女は森司の隣に座った。

「……こんばんは」

「こんばんは」

「おれも、いていいか？」

「もちろんです」こよみがうなずいて、

「というか——先輩も、来る気がしてました」

と小声で言う。

「だよな」森司は首肯した。

「おれも、灘が来ると思ってた」

空はやはり叢雲《むらくも》に覆われ、星は見えない。しかし充分だった。星は見えずとも、すぐそばに意中の乙女がいる。肝心なのはその点であった。

——よし。

森司は己に言い聞かせた。今夜は指さきに触れるだけではない。絶対にそれのみでは済まさない。

——彼女の、てててててて手を握るぞ。

と。

指さきが触れる程度なら、偶然と言い抜けもできる。だが手を握るとあらば、話は違ってくる。

あきらかに能動的であって、自主的な行動だ。つまり歴然と、男女間の好意を表明した動作なのだ。

——まずはおれから手を握る。そして、彼女が振りほどかないならば。

その先まで行くことも可能だ。つまり、愛の告白だ。

他のメンバーもいることゆえ、それ以上の進展は望めまい。

しかし告白して、返事をもらい、最大限うまくいったなら。ほほほ抱擁まで可能かもしれない。いやもしかしたら、せせせせせせ接吻《せっぷん》などという事態もなきにしもあらず。

——いや待て、焦るんじゃない。

森司は己をたしなめた。

がっついて、勇み足になるのはよくない。ネットで読んだ記事によれば、女性を一番どん引きさせるのは、がっつく性急な男だそうだ。いっときの衝動で結果をはやり、この数年間の積み重ねを無駄にしてはいけない。

た。

森司はそっと、床の板張りに手をすべらせた。

こよみは彼の右側に座っている。彼女の左手に向け、利き手を静かに、慎重に動かした。

指と指の先が、ちょんと触れる。

かすかにこよみの肩が動いた気がした。

――いまだ。握る。握るぞ。

森司は心中で叫んだ。

偶然を装ってではない。あきらかに、意思をもって握る。おれのこの気持ちが通じるようにだ。こよみちゃんの手を握りたくて握ったのだと、今夜は行動ではっきり意思表示する。

森司は手首から先を持ちあげ、おずおずとこよみのほうに向けた。

そして、手首のスナップを利かせた。

――よし、握った。

声に出さず、森司は快哉《かいさい》を叫んだ。

しかしなんだ、あれだ、と胸中でひとりごちる。女の子の手とは、なんと柔らかいものなのか。ふわふわではないか。

男と握手しても全然気持ちよくないどころか、ことによっては不快指数百パーセントだというのに、なぜこうも違うのだろう。同じ人類とは思えない。まるで骨がないかのようだ。

いやもちろん骨くらいあるだろう。しかし男の手に比べたら、あまりに華奢《きゃしゃ》でちいさくて、頼りなさすぎる。壊れもの同然だ。おまけにすべすべで、つるつるだ。なんというか、二十四時間握っていたい。否、二十四時間どころの騒ぎではない。一日ではとうてい足りない。このまま三日ほど彼女の手を握り、その三日間、延々と感想を心にしたためていたい。

等々、森司はやたらと長ったらしく感激した。感激しすぎて、感想があとからあとから湧いてきた。だがその奔流を押しとどめるかのように、

「……八神先輩」

真横から、かぼそい声がした。

「こ、――こよみ、ちゃん」

森司はごくりとつばを呑《の》みこんだ。

まだ彼女の顔を見ることはできていない。しかし見るぞ、と森司は決心した。このまま手を離さず、彼女の顔を、いや眼を正面から見る。

こよみちゃんの瞳《ひとみ》にどんな感情が浮かんでいるか、おれのこの目でまずとらえて、確かめて、そして――。

だが、その刹那《せつな》。

激しい破砕音が湧いた。

ガラスの割れる音だ。森司は思わず振りかえった。

声が聞こえる。男の悲鳴、いや喚《わめ》き声だった。

——外じゃない。家の中からだ。

立ちあがって障子戸を開け、森司は走った。あちこちで襖《ふすま》の開く音がする。客間から、奥座敷から、足音が集まってくる。

「小座敷だ!」

部長の声がした。

小座敷へつながる襖が開いているのを、森司は見てとった。

畳に、ガラスの破片が散乱していた。

障子戸が倒れている。ガラス障子が割れたのだ、とようやく理解した。破片のせいで足を踏み入れられず、敷居の前でたたらを踏む。

「香月さん!」

香月は、小座敷の真ん中にいた。

ガラスで切ったらしく、頬と脛《すね》、そして足の裏から出血していた。

両腕で頭を抱えている。痛みを感じないのか、破片の上をいまだ素足で歩いている。

擦れたガラスが、じゃりじゃりと不快な音をたてた。

「……ごめんよ」

香月が呻《うめ》き、顔を上げた。その面《おもて》は、まるで泥粘土をこねあげたようだった。

「ごめんよ、鏡子さん」

土気いろの頬が、くしゃりと歪《ゆが》む。

「おれを、恨んでるよな。……悪かった。すまない、すまない」

髪を両手で掻《か》きまわし、香月は身をよじった。

「――謝るってことは、殺したのか？」

低い声がした。背後からだ。

森司は、肩越しに声の主を見やった。

泉水だった。土間にあったクロックスを履いている。ガラスの破片を靴底で踏みしめ、香月のもとへまっすぐ歩み寄る。

「井桁鏡子さんは、あんたが殺したのか。そうなのか？」

「おれは――、おれ、は」

香月の体が大きく揺れた。

「鏡子さん――。ああ、すまない」

彼の声は、いまや唸《うな》り声に近かった。ひどく動物的だった。

ガラス越しに、かっと閃光《せんこう》が走った。間を置かず雷鳴が轟《とどろ》く。その音量と衝撃で、雷雲の近さがわかった。屋根がびりびりと震えた。

「きみは天国で、おれは地獄にいるのか。だから、会えないのか。……すまない」

「おい……」

泉水の唇がふたたびひらく。

しかし彼が言葉を継ぐ前に、玄関戸を激しく叩《たた》く音がした。

「おぉい、どんげした！　通報があったぞ、喧嘩《けんか》か！」

昼に会った巡査長の声だった。ガラスの割れる音で、近隣の誰かが通報したらしい。

藍が素早く玄関に走った。

香月の体がくたりと崩れた。力なく、泉水に倒れかかる。

泉水は彼を抱え、小座敷を出た。部長が毛布を持って駆け寄る。

「すみません。大丈夫です。寝ぼけてガラス障子を倒しちゃって」

巡査長と藍が話していた。襖のほとんどが開けはなされたせいで、玄関口の二人がよく見える。

「障子戸を？　やいや、そってぇは大変だ。怪我はねえかね」

「切り傷だけです。すみませんが、消毒薬を分けてもらえませんか？」

泉水が身をかがめ、森司の耳にささやいた。

「二人とも、死んでるぞ」と。

「香月耕助さんも井桁鏡子さんも、とっくに死んでる。――死因まではわからん。おれが感じとれたのは、二人とも成仏できてねえってことだけだ。いまだ、そこらをさまよっている。それから」

彼はすこし言いよどんでから、

「鏡子さんが死んだのは、山でじゃねえな」と言った。

「では、耕助さんのほうは？」

森司は問いかえした。

語尾にかぶせるように、またも雷が轟く。地面が震えた。

眉根《まゆね》を寄せ、泉水は言った。

「耕助さんは、三十年前の失踪《しっそう》時に鷺羽山で死んだと思う。いま再捜索すれば見つかるかもな。だが鏡子さんについては、視えづら――」

着信音がけたたましく鳴った。

森司はぎくりと肩を跳ねあげた。しかし部員の携帯電話でも、香月のスマートフォンでもなかった。

巡査長の携帯電話であった。

「はい、こちら鷺羽駐在……え？　ああ、いや、そりゃまた……」

巡査長は顔を上げ、部員たちを片手で拝んだ。

「すまんね。ほんとならガラスの片付けを手伝うとこだが、ちょっくら駐在所に戻らんばなんねえ。またあとで来るすけ、破片に気をつけて」

「なにかあったんですか？」

部長が問う。

「ああ、いや、大丈夫だ。事件ではねえ」

巡査長はかぶりを振った。

「ただ、佐分利さんが亡くなったらしい。……ついさっきで、心臓麻痺《まひ》だそうだ」

9

佐分利元係長の告別式は、友引を避けて火曜に取りおこなわれた。享年七十二とのことであった。

朝から雪がちらつき、黒雲の切れ間から雷光が走る陰鬱《いんうつ》な日だった。

平日ゆえ、会場に向かったのは藍を除く部員五人である。

本来ならば葬儀に出るほどの仲ではない。しかし「どうも気になる」と泉水が言い張った。森司もまた、彼に加勢した。

「タイミングがよすぎます。無関係とは思えません」

――と。

告別式の会場は、雪越大学からバスで四区間のセレモニーホールであった。

喪服と数珠《じゅず》を持たない森司は、父親から急遽《きゅうきょ》借りた。泉水と鈴木のぶんは部長の奢《おご》りでレンタルした。

「このたびはご愁傷さまです」

受付で頭を下げ、芳名帳に記帳する。香典は一律三千円で、これも黒沼部長が肩代わりした。

会場に一歩入ると、まず目を奪ったのは白木の祭壇であった。

二段スタンドの生花。『子供一同』『孫一同』『友人一同』の名札を提げた花輪。仄青《ほのあお》く光る牡丹《ぼたん》柄の霊前灯に、金蓮華《れんげ》。棺《ひつぎ》のまわりは菊や白百合《しらゆり》、白蘭などの花で埋めつくされている。

森司は佐分利の遺影を見上げた。

通話で受けた印象どおり、朴訥《ぼくとつ》そうな老年男性であった。短く刈った髪は半分がた白髪で、日焼けした顔が皺深《しわぶか》い。

会場は悲しみに包まれていた。

遺族だけでなく、参列者の多くが涙を浮かべ、洟《はな》を啜《すす》っている。

それもそうだろう、と森司は思った。

いまどき七十二での死は早い。とくに佐分利の場合は急死であった。駐在所の巡査長によれば、とくに持病もなかったそうだ。

森司たちはなるべく後列の、棺を真正面に望める席を選んだ。最後列に部長と鈴木が着き、その前に泉水、森司、こよみが座る。

一同は腰を下ろし、荷物を椅子の下に置いた。そして祭壇に顔を戻した。

途端。

森司はぎょっと身をこわばらせた。

棺に、女が座っていた。

膝《ひざ》を揃え、折り目正しく正座している。顔には長いざんばらの髪が垂れかかり、尖《とが》った顎《あご》だけが覗《のぞ》いている。

――さっきまで、女の姿など視えなかった。

席に着いた瞬間、目に入ったのだ。

うろたえて、森司はかたわらの泉水を見やった。

目が合った瞬間、泉水が顎をわずかに引く。自分にも視えている、との合図だった。

次いで森司は、背後の鈴木を振りかえった。

鈴木は蒼白《そうはく》だった。森司を見て、ちいさく首を横に振った。正視に耐えないと、その表情がはっきり物語っていた。

――たぶん、鈴木が一番〝彼女〟と波長が合う。

森司は手で「立て、行っていいぞ」と合図した。鈴木が静かに、しかし小走りに退場するのを見送る。

森司自身は立たなかった。いや、立てなかった。

棺の女から、目が離せなかった。

女は膝を揃え、両手を腿《もも》に置いて座っていた。顔は乱れ髪で隠れていた。にもかかわらず、森司には〝彼女〟のすべてが視えた。喜色でぎらつく瞳《ひとみ》も、黒い塊を握りしめる右手も、ひどく鮮明だった。

ついに、と女は全身で語っていた。

ついにこの日が来た。わたしはおまえを捕まえた――、と。

マイクの前に、葬儀社の社員が立つ。

なにごとか挨拶《あいさつ》したようだ。しかし森司の頭にはまるで入ってこなかった。

読経《どきょう》がはじまった。家族席では、妻と息子夫婦が沈鬱《ちんうつ》にうつむいている。制服姿の孫娘はハンドタオルで顔を覆っている。

その間も、森司の視線は棺に釘付《くぎづ》けだった。数メートル先の光景に、目と心を奪われていた。

光だった。

ななめ上方から、白木の棺に光が降りそそいでいる。

白く輝く帯は、棺を包みこむように照らしていた。おそらくは死者を〝上〟へといざなう、永遠の安らぎを与える光であった。

森司は思わず数珠を握りしめた。

閉ざされた棺から、一本の腕が伸びつつある。筋肉が落ちかけ、老人性の染みが浮いていた。まぎれもなく、佐分利元係長の腕であった。

だが、それだけだった。

本来ならば棺から彼の全身がするりと抜け、光の帯に誘《いざな》われるように昇っていくはずだ。しかし――。

棺の上には、女が座《ざ》していた。

佐分利の腕がもがく。光を求めてわななき、あがく。しかし女は重石《おもし》だった。身じろぎもせず、棺の蓋《ふた》を押さえていた。

五本の指が虫のようにうごめく。指さきが、むなしく空を摑《つか》む。

その指に、女はぬるりと首を伸ばした。赤い口がひらいた。

ごりり、と森司の鼓膜に鈍い音が響いた。女が佐分利の指に嚙《か》みつき、砕いた音であった。森司は身を硬くし、悲鳴を必死に押しころした。

――聞こえるはずはない。

そんな音が、耳に届くはずはない。彼らは実体ではない。あり得ない。

必死で己に言い聞かせた。しかし音はやまなかった。がぎ、ごぎ、ごりり、とさらに響く。止む気配はない。

「ではみなさま、ご焼香を……」

職員がうながした。

まず家族から立ち、次いで前列左から焼香の列を作っていく。

その間も、やはり音はつづいていた。女が佐分利の指を、手の甲を、手首を嚙みくだいていく。ひどくなまなましい、おぞましい異音だった。

――井桁、鏡子。

女の正体を、森司は悟った。

四十六年前に鷺羽山で消えた女性だ。だがその瞳に、たたずまいに、当時の面影はもはやなかった。過去が彼女を変質させていた。

——いや、凄惨《せいさん》な過去が、だ。

そう、彼女は四十六年前のあの日に死ななかった。すぐには死ねなかった、と言ってもいい。

棺の上の彼女が握る〝黒いもの〟を、森司は凝視した。

髪だった。毛髪付きの頭皮だ。髪の短さからして、男性の頭皮だろう。たったいま引き剝《は》がしたかのように、朱がしたたり濡《ぬ》れそぼっていた。

森司はまぶたを閉じた。

しかし、視えた。肉体の目で見ているのではないからだ。聴覚も同様である。目を閉じようが耳をふさごうが、無駄だった。だがそれでも、まぶたを下ろさずにはいられなかった。

知りたくもない真相が——醜い過去が、己の中に雪崩れこむのを感じた。

遮断できなかった。奥歯を嚙み、森司はただ耐えた。

——井桁鏡子も香月耕助も、二十歳だった。

四十六年前の五月七日、彼ら二人は鷺羽山にいた。予報に反して、山は雷雨の気配でぬるく湿っていた。

そして同日、駐在所勤務の佐分利は、徘徊《はいかい》する老人を捜していた。

佐分利が山のふもとを歩いたのと同時刻、鏡子と耕助は引き裂かれた。耕助は記憶を失った。一方の鏡子は、二度と帰らなかった。

――その、十二年後。

食いしばった歯の間から、森司は呻《うめ》きを洩《も》らした。

そうだ。失踪《しっそう》事件から十二年が経った、三十四年前だ。

――佐分利は、鏡子さんを見つけた。

春の人事異動により、彼は中規模警察署の生活安全課主任となった。階級は巡査部長に昇進していた。

赴任して、四日目のことだった。

近隣住民から「また例の家です。うるさくてたまらない」との通報を受け、佐分利は部下とともに向かった。

風呂《ふろ》なしで、便所は共同のアパートだった。

ゴミ溜《た》め同然の部屋で、彼らは二人の子どもと暮らしていた。

男は泥酔しており、五十代に見えた。その横では半裸の中年女が、放心状態でべたりと座りこんでいた。

女のまわりを二人の子どもが這《は》っている。どちらもおそろしく不潔で、痩《や》せさらばえていた。

「流れ者の夫婦です。いや、正式な夫婦ではないようですが」

部下が佐分利にささやいた。

「民生委員の話では、避妊する知恵もないようでして……。わかっている限りで女は六回妊娠し、二回流産。産んだ子のうち二人は早世しています。なにしろこのとおり、ひどい環境ですから」

だがその言葉は、佐分利の耳を右から左へ素通りした。

うつろに宙を睨《にら》む女に、彼の視線は吸い寄せられていた。

──井桁、鏡子。

実年齢より十は老けて見える。しかし間違いなかった。

ろくに栄養を摂《と》れていないからだろう、頬と腹がたるみ、顔いろはどす黒かった。濁った目がどろりとよどんでいた。まるで別人だ。それでも、佐分利にはわかった。井桁鏡子本人だった。

手で口を押さえ、佐分利は男のほうに視線を移した。

途端、頭を殴られたような衝撃を受けた。

──知ってる。

おれはこの男を知っている。見覚えがある。

そうだ、鏡子が耕助と山へ向かった五月七日だ。

あの日、佐分利は徘徊する老人を捜していた。そして山のふもとで、型落ちの軽自動車を停めさせた。「このあたりで老人を見かけなかったか」と訊《き》くためだ。

り去っていた。

「知らん」男がそっけなく答える。

そのとき、山の向こうに光が走った。火の玉だ、と佐分利は思った。

隙を見て男がアクセルを踏む。あっと思ったときは遅かった。軽自動車は、とうに走り去っていた。

——こいつは、あのときの男だ。

佐分利は愕然《がくぜん》とした。いまや彼は、ことの真相をすべて悟っていた。

——おれが、見のがした。

あの日のあのとき、佐分利は車を調べるべきだったのだ。男からは酒の臭いがしていた。車内を捜索する理由など、いくらでも付けられた。

火の玉に気を取られず、またささいな手間を惜しまなければ、佐分利は鏡子を救出できていただろう。だが彼の頭には徘徊老人しかなかった。たかが酒気帯びだ、仕事を増やすだけだと思い、無線連絡を怠った。

——おれの失態だ。

震えながら、佐分利はいま一度鏡子を見やった。

彼女は、変わりはてていた。

当然だろう。拉致《らち》されてから十二年が経った。男のもとで劣悪な暮らしを強いられ、最低でも六回妊娠させられたという。うち四人は亡くし、かろうじて育った子もこの有様だ。想像するだに、地獄の日々だったに違いない。

「アパートの契約者名は、北下兵吾。前科二犯です」

かたわらの部下が言った。

「やくざの使い走りをして、日銭を稼ぐクズですよ。酒びたりの上に酒乱で、酔っては誰かれかまわず暴力を振るうんです」

男の衣服は垢《あか》じみており、ズボンには尿の染みが広がっていた。

「女と子どもだけでも保護したいんですがね。ですが下手に引き離すと、北下が暴れますもので……」

相棒の声は、耳鳴りにかき消された。どう相槌《あいづち》を打ったかも覚えていない。気づけば、佐分利は逃げるようにそのアパートを去っていた。

――黙っていよう。

そう、心に決めた。

あの日、おれが北下兵吾の車を停めたことは誰も知らない。おれしか知らない事実なのだから、と。

今日の件も同じだ。万が一あとで追及されたとて、あの変わりようなら「彼女だと気づかなかった」と言い張れる。そうだ。なにも言うべきではない。過去の失態をわざわざ自分であばくほど、おれは馬鹿ではない――。

そうして佐分利は、すぐに異動願いを出した。

該当署での勤務をあたりさわりなく過ごし、翌年に異動した。

彼が鷺羽駐在所と連絡を取りはじめたのは、定年退職後だ。ようやく安心して「失踪事件の手がかりは？」と訊ける立場になった。とはいえ彼女を案じての問いではない。己の黒い秘密が、いまも地中にあるかどうかの確認であった。

森司は奥歯を嚙《か》みしめていた。

――耕助さんは、鏡子さんを傷つけてなどいなかった。

純粋に愛していた。

――耕助さんの「ごめん」は、守れなかった恋人への謝罪に過ぎない。

真実がいま、目の前にあった。

四十六年前、鏡子は北下兵吾によって奪われた。耕助は頭部に打撲を負い、事件の記憶のほとんどを失った。かろうじて頭に残ったのは、自責の念のみだった。

みずからを責めて責めつづけた耕助は、鏡子を捜しに、ついに山へ入った。

一方の鏡子がいつ死んだのか、はっきりとはわからない。しかし耕助が死んでまもなくだろう、という気がした。そうして彼が消えた翌年、すべての元凶と言える兵吾が失踪した。

――兵吾を山へ招き、取り殺したのは鏡子さんだ。

引きむしられた頭皮は兵吾のものだ。いまの森司には、それがわかった。おそらく兵吾が絶命した夜も、激しい雷が鳴っていたに違いない。

――鏡子さんは、死んで鬼になった。

自死した藤倉柑奈は、魔になった。だが井桁鏡子は鬼と化した。大の男を祟《たた》り殺せるだけの鬼に、だ。

空調が完璧《かんぺき》に利いているはずの会場が、ひどく寒かった。

焼香の列は途切れることなく進んでいる。彼らをよそに、ごき、ごりり、とおぞましい咀嚼《そしゃく》音がつづく。

佐分利を〝上〟へ迎えるはずの光は、いまや消えかけていた。

弱まり、薄れていくのを、なすすべなく森司は見守った。かたわらの泉水も、やはり無言だった。

彼らにはなにもできなかった。また、すべきとも思えなかった。

無意識に森司は手を動かし、こよみの手を握った。握りかえしてくる熱を感じた。

佐分利の気配が、やがて、完全にかき消えた。

――二度目の死だ。

森司は唇を噛んだ。

佐分利はもう〝上〟へは行けない。かといって、地獄へ落ちたとも言いきれなかった。わかるのは、未来永劫《えいごう》彼に安楽は訪れまい、という一点のみだった。

「……――な、灘」

森司はささやいた。

「灘、ここを、いったん……」

いったん出ないか。そう言おうとした。たとえ視えなくとも、これ以上彼女に禍々《まがまが》しい空気を吸わせたくなかった。

だが、その刹那《せつな》。

別の上方《じょうほう》から射してくる光を、森司は視認した。

思わず横の泉水を見る。泉水は森司と目を合わせ、次いで背後を振りかえった。彼につられるように、森司も同じ方向へ首を曲げた。

会場の入り口に、香月が立っていた。

喪服姿だ。その黒タイには、場違いに錆《さ》びたネクタイピンが留まっていた。

香月の体から、すう、となにかが抜けた。

それは黒い影にも、靄《もや》にも視えた。〝上〟から射している光へ、まっすぐ向かっていく。鏡子はやはり、棺に座ったまま動かない。

光の裾野《すその》が広がり、棺をも包んでいくのを、確かに森司は視た。

棺から佐分利の手が伸びることはなかった。代わりに光に導かれたのは、鏡子だった。

彼女の顔から険が薄れていく。どす黒い喜悦がかき消える。

白い光の帯に、二人はゆっくりと溶けていった。

おごそかな光景、と感じるべきだったのかもしれない。

だが森司は、怖かった。畏《おそ》れとはこういうものか、と思った。

自分の二の腕にもうなじにも背にも、びっしり鳥肌が立っているのがわかった。死への本能的な畏《おそ》れが、すべての感情を凌駕《りょうが》していた。

突然、どおん、と会場が揺れた。

地響きにも似た揺れだった。会場に一瞬、動揺が走る。

参列者の中から「雷？」とちいさな声が上がった。「たぶん落雷……」「どこかに落ちたみたい」ささやき声がつづく。

その間も森司は、こよみの手を握りつづけていた。彼女の指にそっと指をからめる。応《こた》えるように、こよみの指が動く。

掌から、お互いの熱が伝わってきた。


バスで大学前まで戻ると、時刻は正午を過ぎていた。

泉水からおおよそのあらましを聞かされ、部長は眉間《みけん》に深い皺《しわ》を刻んだ。

「なぜいまになって――？　という疑問は残るね」

喪服姿のまま、バス停で腕組みする。

「北下兵吾が死んで二十九年が経った。それほどの長い時間、どうして鏡子さんは佐分利元係長を取り殺さずにいたんだろう」

「やっぱり〝光〟じゃないですか？」森司が言う。

「〝光〟をもたらせるほどの雷を、ずっと待っていたんでしょう」

「おれもほぼ同感だ」

泉水がうなずいた。

「人体にはつねに微弱な電気が流れ、脳細胞が発する信号で動く。生体電流ってやつだな。そして雷玉がいい例だが、雷がおよぼす作用ってのは、現代の科学でも解明しきれちゃいない」

「鏡子さんは鬼になり、山に棲《す》みついた。山を守りながら、耕助さんの魂を連れてくる〝誰か〟の出現を待ち、同時に佐分利元係長を殺せる機会も待ちつづけた……か」

黒沼部長が眼鏡をずり上げる。

「鬼や魔でも、天候はそうそう動かせないもんね。うーん。確かに数十年はかかる、壮大な計画だ」

部長と泉水は院に戻り、研究室へ向かうそうだ。だが、こよみと鈴木は「帰る」と即答した。

「じゃあ灘、家まで送るよ」森司は申し出た。

部長たちを見送り、二人はこよみのアパートへ徒歩で向かった。

帰り道は、ともに言葉すくなだった。

昨日の気温が五度まで上がったおかげで、道路の雪はあらかた消えた。車が飛ばしたらしい泥はねが、融《と》け残りの雪を醜く汚している。空は見わたす限りの灰白色で、青はどこにも見えない。

森司とこよみは、ごく自然に手をつないでいた。

お互いの指を握りながら、ぽつぽつと短く話す。信号が変わるのを待って、ゆっくりと横断歩道を渡る。

こよみのアパートに着く頃には、二人ともブーツの爪さきが冷えきっていた。つないだ手だけがぬくもっていた。

「どうぞ中でお茶でも、と言いたいんですが」

こよみが眉《まゆ》を下げた。

「うちのアパートは女性専用で……というか、男子禁制で」

「大丈夫。わかってるよ」

森司はうなずいた。そして「ドアの前まで送る」と外付けの階段をのぼった。

こよみの部屋は二階の右端である。

「じゃあ、ここで」

「はい」

「ゆっくり休んで」

そう告げてきびすを返したとき、

「八神先輩」

こよみが呼びとめた。

森司はゆっくり振りかえった。こよみはうつむき、マフラーに鼻さきを埋《うず》めていた。伸びた前髪が、瞳《ひとみ》を隠している。

「あの……、わたし、うまく言えないんですが」

ためらいがちに、彼女は言った。

「わたしたち、幽霊騒ぎには慣れていても、知人が死ぬことには慣れてませんよね。でも今回は、佐分利さんが亡くなって……。電話越しにでも、一度は接した人が亡くなるのが、ショックだったんです、でも」

でも井桁鏡子さんの人生のほうが、もっと——。

言いかけるこよみを、「わかるよ」森司はさえぎった。

彼女にすべてを言わせたくはなかった。

森司は一歩踏みだし、こよみの肩に手を置いた。震えが伝わってきた。そして唇から洩《も》れる彼女の声も、細くわなないていた。

「もしわたしが、鏡子さんの立場だったら……って、考えました」

「うん」

森司は首肯した。

「おれも、考えたよ」

もし自分が香月耕助の立場だったら。愛する女性を目の前で、あんなかたちで失ったとしたら。そうして二度と、取りかえせなかったならば。

——おれだって、きっと鬼になる。

「先輩、わたし」

こよみが顔を上げた。

つづきは言わせず、森司は彼女の背に手をまわした。引き寄せるように抱きしめる。

「灘には、おれがいるよ」

低くささやいた。

抑えたつもりだったが、声が詰まった。

腕の中のこよみは、まだ震えていた。森司は彼女の額に、そっと唇を押しつけた。

「約束する。——おれは、きみを誰にも奪わせない。約束する」

そのまま、森司はこよみを抱きしめつづけた。

震えが止まるまで、腕はほどかなかった。

エピローグ

HAUNTED CAMPUS

「こんちーす」

声をかけ、森司は部室の引き戸を開けた。

室内には、珍しく藍とこよみの二人きりだった。頬がくっつくほど顔を寄せ、一冊のカタログを覗《のぞ》きこんでいる。

「八神くん、いいとこに来た！」

片手を挙げて、藍がテーブルの化粧箱を指す。

「これ、例のフォトグラファーさんからの差し入れ。ホールのナポレオンパイよ。前祝いとしてみんなで食べましょ」

「はい、いただきます」森司がうなずいたとき、

「ああ、八神くんもいま来たとこ？」

背後から声がした。振りかえると、黒沼部長と泉水であった。

さらに廊下の向こうからは鈴木が歩いてくる。うまい具合に全員集合だな、と感心す

る森司に、部長が「じゃーん」と片手の箱を掲げた。

「香月さんから『お礼に』ってもらっちゃった。季節限定のマカロンとミルフィーユだってさ。〝あまおう味〟がお勧めらしい。ありがたくいただこう」

「あ、ええと……」

森司は額を掻《か》いた。

「じつはおれも大河内さんから預かってきたんです、お菓子の差し入れ……。銀座の有名店のティラミスだそうです」

かくして部室の長テーブルにはナポレオンパイ、色とりどりのマカロンとミルフィーユ、壜《びん》入りのティラミスがずらりと並んだ。

「いやあ、嬉《うれ》しいね。長者になった気分」

とほくほく顔の部長をよそに、

「甘いもんばっかだな。漬物がほしくなる」泉水が冷蔵庫を開け、柴漬《しばづ》けとわさび漬けのタッパーウェアを取りだした。

「ところで藍くん、フォトグラファーさんとの撮影はいつなの？」

「えーと、金曜だったかな」

藍がアプリでスケジュールを確認する。

「来週末が写真展の締切なんだって。去年は銀賞だったそうで、『今年こそ金賞を！』って意気ごんでた」

「もちろん獲《と》れますよ。モデルが藍さんなんですから」

こよみが真顔で言う。

それにしても――。パイにフォークを入れつつ森司は思った。

藍さんに付きまとっていたのが女性とわかって、いったんは安堵《あんど》した。しかしストーカーはしょせんストーカーに過ぎない。性別で警戒を解いてしまうのは、早計なのでは……？　と。

とはいえ、なごやかな場を壊すのも気が引けた。森司は疑念を、パイとともに呑《の》みこんだ。

「大河内さんはどう？　元気にしてる？」

部長が三つめのマカロンに手を伸ばして言う。

「はい、お元気でした」森司はうなずいた。

「SNSをはじめるって言ってましたよ。奥さんの教え子たちと相互フォロワーになって、交流するんだそうです」

「そりゃあいい。人間、いくつになっても学びは必要だもんね」

部長が微笑む。

「ところでこのカタログ、汚しそうだからいったん下ろしていい？　……あれ、レンタル衣装のカタログだね」

「すみません。わたしです」

こよみが右手を挙げた。

「従姉《いとこ》の結婚披露宴に出席するんです。場が華やかになるよう、振袖《ふりそで》を着てほしいと言われたので、藍さんとカタログを見てました」

「へえ、それはおめでたい」

ウェットティッシュで指を拭《ふ》き、部長はカタログをぱらぱらめくった。

「ああ、この加賀《かが》友禅いいね。御所車と花鳥のやつ」

「えー、色あいが渋すぎるわよ」

藍が身をのりだした。

「こよみちゃんはブルベだし淡い色が似合うから、絶対こっちだってば。この蝶《ちょう》と四季花。それじゃなきゃこっちの……」

「式はいつなんだ？」

わさび漬けを箸《はし》でつまんで泉水が問う。こよみが答えた。

「来週です」

「えっ！」森司は思わず叫んだ。

「そ、それって、ホワイトデイにかぶってないよな？」

数秒、場がしんと静まった。

「あ……、はい」

なぜかこよみが、ぺこりと頭を下げる。

「十四日じゃないです。その日は、家にいます」

「そ、そうか」

森司は咳払《せきばら》いし、「大声出してごめん。みなさんにも、あの、すみませんでした。つい取り乱しまして」顔を赤くして謝った。

「いやあ、べつに謝ることはないけどさ。それより」

部長が言う。

「――きみたち、なにかあった？　ちょっと雰囲気違うよね」

ふたたび静寂が部室を覆った。

「ああいや、ごめんごめん。立ち入ったこと訊《き》いちゃったか」

快活に部長は笑った。

「ぼくって思ったこと、すぐ口に出して訊いちゃうんだよね。ほんとごめん」

「と言いつつ、おまえは直しゃしねえよな」

泉水がため息まじりに言い、森司にタッパーウェアを押しやった。

「というわけで八神は謝らなくていいぞ。うちの殿さまのほうが、よっぽどぶしつけで万年無礼講だ。それより柴漬けを食え」

「はい」

お言葉に甘えて、と森司は箸を伸ばした。

奥歯でこりこりと漬物を噛《か》む。甘いものでだるくなった舌に、柴漬けの塩気がこころよく染みた。

「しかし、もう三月なんだねえ」

部長が嘆息した。

「春休みが終われば新入生が入ってくるのか。一年って早いね」

「けどオカ研《うち》には、新入生どうこうは関係なさそう」藍が言う。「去年だって、鈴木くんが入ってくれたのは奇跡みたいなもんだし」

「それは言えてる」

素直に部長は同意した。

「こよみちゃんは院に進むんだもんね。八神くんは？」と藍。

「おれは就職します」

森司は即答してから、「……もちろん、採用してもらえたらの話ですが」気弱に付けくわえた。

「頑張れ」藍に、肩へ手を置かれる。

「ということは、再来年度が勝負ですね」

鈴木が膝《ひざ》を打った。

「雪大のサークル規程では、部員は最低でも五人。今年の三月はいいとして、八神さんが卒業したあとが――」

部室内を、三たびの静寂が襲った。

先の二度よりも、今度の沈黙はかなり長くつづいた。

「……八神くん」

低く、部長が切りだす。

「きみ、留年しない？」

「いやですよ！」森司は叫んだ。

まあそう言わずに聞いて、と部長が手を振り、

「ぼくはオーバードクターとして居座る予定だからいいけどさ。八神くんという貴重な人材を、むざむざ卒業させちゃうのはあまりにも……」

「駄目ですって。うち、そんな経済的余裕ないですから」

悲鳴のように森司は言った。

「黒沼家と違って、わが家は庶民なんです。ただでさえ一年浪人してるし、これ以上学費は出してもらえません。そりゃおれだって、ずっと雪大生でいたいけど——悪魔の誘いはやめてください！」

悲痛な声が窓ガラスを震わす。

ガラスの向こうでは、昼の陽射しを受けたつららが雫《しずく》を落としていた。

冬のさかりをいつの間にか過ぎ、ごくゆっくりと、季節は春に向かいつつあった。

引用・参考文献

『世界の謎と不思議百科』ジョン&アン・スペンサー　金子浩訳　扶桑社ノンフィクション
『怖い家　伝承、怪談、ホラーの中の家の神話学』沖田瑞穂　原書房
『ルポ　特殊詐欺』田崎基　ちくま新書
『老人喰い―高齢者を狙う詐欺の正体』鈴木大介　ちくま新書
『遠野物語　山の人生』柳田国男　岩波文庫
『柳田國男全集』第七巻　柳田國男　ちくま文庫
『「遠野物語」を読み解く』石井正己　平凡社新書
『世界不思議百科』コリン・ウィルソン　ダモン・ウィルソン　関口篤訳　青土社
『エイリアンの夜明け』コリン・ウィルソン　南山宏訳　角川春樹事務所
『謎の発光体　球電』ジョルジ・エゲリ　板井一真訳　丸善
『雷の科学』畠山久尚　河出書房新社

本作は書き下ろしです。この作品はフィクションです。
実在の人物、団体等とは一切関係ありません。

ホーンテッド・キャンパス　黒《くろ》い影《かげ》が揺《ゆ》れる
櫛木理宇《くしきりう》

角川ホラー文庫　23747

令和5年7月25日　初版発行

発行者――山下直久
発　行――株式会社KADOKAWA
〒102-8177　東京都千代田区富士見2-13-3
電話 0570-002-301（ナビダイヤル）
印刷所――株式会社暁印刷
製本所――本間製本株式会社
装幀者――田島照久

●お問い合わせ
https://www.kadokawa.co.jp/ （「お問い合わせ」へお進みください）
※内容によっては、お答えできない場合があります。
※サポートは日本国内のみとさせていただきます。
※Japanese text only

ISBN978-4-04-113673-7　C0193

角川文庫発刊に際して

角川源義

第二次世界大戦の敗北は、軍事力の敗北であった以上に、私たちの若い文化力の敗退であった。私たちの文化が戦争に対して如何に無力であり、単なるあだ花に過ぎなかったかを、私たちは身を以て体験し痛感した。西洋近代文化の摂取にとって、明治以後八十年の歳月は決して短かすぎたとは言えない。にもかかわらず、近代文化の伝統を確立し、自由な批判と柔軟な良識に富む文化層として自らを形成することに私たちは失敗して来た。そしてこれは、各層への文化の普及滲透を任務とする出版人の責任でもあった。

一九四五年以来、私たちは再び振出しに戻り、第一歩から踏み出すことを余儀なくされた。これは大きな不幸ではあるが、反面、これまでの混沌・未熟・歪曲の中にあった我が国の文化に秩序と確たる基礎を齎らすためには絶好の機会でもある。角川書店は、このような祖国の文化的危機にあたり、微力をも顧みず再建の礎石たるべき抱負と決意とをもって出発したが、ここに創立以来の念願を果すべく角川文庫を発刊する。これまで刊行されたあらゆる全集叢書文庫類の長所と短所とを検討し、古今東西の不朽の典籍を、良心的編集のもとに、廉価に、そして書架にふさわしい美本として、多くのひとびとに提供しようとする。しかし私たちは徒らに百科全書的な知識のジレッタントを作ることを目的とせず、あくまで祖国の文化に秩序と再建への道を示し、この文庫を角川書店の栄ある事業として、今後永久に継続発展せしめ、学芸と教養との殿堂として大成せんことを期したい。多くの読書子の愛情ある忠言と支持とによって、この希望と抱負とを完遂せしめられんことを願う。

一九四九年五月三日

虜囚《りょしゅう》の犬《いぬ》

元家裁調査官・白石洛《しらいしらく》

櫛木理宇

おぞましい事件に隠された真実とは!?

元家裁調査官の白石洛は、友人で刑事の和井田から、ある事件の相談を持ちかけられる。白石がかつて担当した気弱な少年、薩摩治郎が、7年後の今、安ホテルで死体となって発見されたという。しかし警察が向かった治郎の自宅には、鎖に繋がれ痩せ細った女性と、庭には死体が。なんと治郎は女性たちを監禁、殺害後は「肉」として他の女性に与えていたという――。残酷な事件に隠された真実とは？　戦慄のサスペンスミステリ！

角川ホラー文庫

ISBN 978-4-04-112602-8

侵蝕

壊される家族の記録

櫛木理宇

「あの女」に囚われた少女と家族の運命は——

皆川《みながわ》美《み》海《うみ》は平凡な高校生だった。あの女が、現れるまでは……。幼い弟の事故死以来、沈んだ空気に満ちていた皆川家の玄関を、弟と同じ名前の少年が訪れた。行き場のない彼を、美海の母は家に入れてしまう。後日、白ずくめの衣裳に厚塗りの化粧をした異様な女が現れる。彼女は少年の母だと言い、皆川家に"寄生"し始め……。洗脳され壊れてゆく家族の姿におののく美海。恐怖の果てに彼女を待つ驚きの結末とは……。傑作ミステリ。

角川ホラー文庫

ISBN 978-4-04-104336-3

ホーンテッド・キャンパス

オシラサマの里

櫛木理宇

オシラサマが守るものは××……!?

黒沼《くろぬま》家の分家にあたる白葉《しろば》家が宮司を務める神社ではオシラサマを祀る33年に一度の特殊な儀式が開催予定だ。それを見届けるため、黒沼従兄弟コンビが山深い白良馬《しらんば》村へ向かった。一方オカ研には、元刑事の父がサイコメトリストになり書置きを残し失踪したという相談が寄せられていた。元刑事が追う幼女連続殺人事件とオシラサマ伝説——。２つの事件に隠された謎に挑む青春オカルトミステリ。森司《しんじ》とこよみの恋の行方にも注目！

角川ホラー文庫

ISBN 978-4-04-112600-4

ホーンテッド・キャンパス

だんだんおうちが遠くなる

櫛木理宇

洋館で、わたしが死んでいる——。

今年も残すところあと数日。雪越大学3年生の八神森司《やがみしんじ》は孤独な年越しを決めていた。大雪が心配されるある日、オカ研メンバーから森司に召集LINEが届く。今回の依頼主はかつてタレント占い師として名をはせていた如月《きさらぎ》妃映《きえ》こと蒔苗紀枝《まきなえきえ》。その奇怪な相談内容は「自宅でいつも、自分が死んでいる」というものだった。他、マンションのドアの隙間から覗く祖母の霊、劇団公演『四谷怪談異考』を襲う祟りなど、逃げられない恐怖の第19弾。

角川ホラー文庫

ISBN 978-4-04-112064-4